Amores adúlteros
La historia completa

Amores adúlteros
La historia completa

Beatriz Rivas / Federico Traeger

Fotografías de
Teseo Fournier

Amores adúlteros. La historia completa

Primera edición: enero, 2020

D. R. © 2020, Beatriz Rivas / Federico Traeger

D. R. © 2010, Beatriz Rivas / Federico Traeger, Amores adúlteros
D. R. 2011 © Beatriz Rivas / Federico Traeger, Amores adúlteros… el fi al

D. R. © 2020, derechos de edición mundiales en lengua castellana excepto España:
Penguin Random House Grupo Editorial, S. A. de C. V.
Blvd. Miguel de Cervantes Saavedra núm. 301, 1er piso,
colonia Granada, alcaldía Miguel Hidalgo, C. P. 11520,
Ciudad de México

www.megustaleer.mx

D. R. © Fernando Ruiz, por el diseño y la composición tipográfi a
D. R. © Teseo Fournier, por las fotografías

ISBN: 978-607-318-841-8

Impreso en México – *Printed in Mexico*

El papel utilizado para la impresión de este libro ha sido fabricado a partir de madera
procedente de bosques y plantaciones gestionadas con los más altos estándares ambientales,
garantizando una explotación de los recursos sostenible con el medio ambiente y beneficio a para las personas.

Penguin
Random House
Grupo Editorial

A Ramón Córdoba, nuestro querido editor
y eterno contramaestre.

Prólogo

Casados con apariencia de felicidad, de pronto uno o los dos rompen el pacto de fidelidad, absurdo si se quiere, decimonónico, trasnochado pacto, pero todavía vivo en las sociedades contemporáneas. Con frecuencia, ese "pacto" no tiene la suficiente fuerza frente a lo que, en principio, está destinado a lo efímero: el amor sin ataduras. Los "compromisos establecidos" que quieren proyectarse en el tiempo se tambalean ante esa potente emoción de lo prohibido, de aquello que pone en peligro los anclajes de estabilidad que se acordaron en la otra ribera. O es precisamente esa estabilidad la que es contra natura: la idea misma de estar amarrado provoca que se quiera romper con ese amarre. Ahí está la paradoja: al tratar de retener, se genera una energía disruptiva capaz de poner en riesgo todo el edificio de la relación de pareja, de familia, del patrimonio, de entorno social.

Hay adulterios de pronóstico, y otros sorpresivos que dejan sin aliento, incluso a los adúlteros. Los adúlteros no siempre terminan en el rompimiento, con frecuencia son profesionales del juego que establecen un cuartel general para las batallas del amor sin freno durante el tiempo que dure la embrujante guerra.

El adulterio desarrolla una inteligencia entre los involucrados que asombraría a un estratega. La prioridad es ocultarlo de tal manera que descubrir el engaño sea un elaborado trabajo de espionaje. El o los engañados, al caer en la duda, desarrollan nuevas antenas persecutorias, se transforman en la encarnación de la sospecha. No en balde, con frecuencia aparecen los investigadores privados capaces de rastrear todas las pistas hasta que una lleva a la madriguera del amor furtivo. Si fidelidad deriva de *fidelitas*, al final del día es una traición a un Dios.

Capaces de destruir su anterior vida, los adúlteros renacen, emanan una energía que resulta envidiable. Los años retroceden, la juventud vuelve a visitarlos. ¡Cómo rechazar la diabólica tentación de dar vuelta a la vida! Nos convertimos en Fausto dispuestos a pactar con el demonio mismo. El antiquísimo misterio está allí para ser escudriñado y la literatura es un arma muy eficaz.

Beatriz Rivas y Federico Traeger lanzan la flecha al corazón mismo de ese misterio. La fórmula literaria es muy certera y riesgosa en tanto que dan voz a los adúlteros. Nos invitan así a un recorrido por los laberintos de esa relación, que también se debe explicaciones a sí misma.

—¿Crees que por hacer el amor estemos tan enamorados?
—No lo sé, quizá porque estamos enamorados es que hacemos tanto el amor.
—¿O será que el amor nos hace a nosotros?

El texto a cuatro manos presenta un amplio menú de relaciones adúlteras, desde las muy erotizadas que caminan en el lindero de una pornografía suave, muy eficiente, hasta las frecuentes expresiones poéticas repletas de metáforas, analogías y atributos delicados:

No busquemos respuestas. Sería muy arrogante tratar de describir el océano, simplemente bañémonos en sus aguas y permitamos que las olas sigan llegando llenas de lo nuestro.

Y hay más:

Dónde pongo
El mundo que inventamos
Los besos que nos dimos
Las cumbres que alcanzamos
El amor que nos hicimos

Los autores también lanzan sentencias,

… la felicidad es el deseo de existir con la mayor intensidad posible…

Él y Ella son una dupla de la cual por momentos creemos saberlo todo, y en otros son fantasmas que sólo viven un instante. Cuidadosos de su decir, nos invitan a la sensible travesía de ser adúltero.

¿En qué mundo cabe que habiéndonos conocido tan pronto nos hayamos conocido tan tarde?

El humor también merodea:

Incoherencia: Cuando logran un instante de magia, Él bufa y gruñe. Sin embargo, no es un animal. Ella dice Dios mío, Dios mío, aunque no cree en Dios.

Juegan consigo mismos, juegan con el amor y el amor con ellos.

Tengo hambre de ti…pero estoy a dieta.
O
Quiere comérsela a besos, aunque teme indigestarse.

13

Esa actitud de juego es fascinante, porque los autores subvierten cánones, revierten concepciones, por eso puede haber una sección que venga De Cabeza. Vistos los textos de esta forma son una aventura que recurre —¿por qué no?— a espléndidas fotografías que insinúan, delatan, proponen, desnudan intimidades, de forma tal que la realidad y la ficción se cruzan y terminamos convencidos del adulterio real en ambos; adulterio confeso que lleva a las dedicatorias; adulterio gozoso que no conoce la pena y menos la culpa; adulterio provocador de las buenas conciencias. Adulterio pleno.

Así de pronto estamos metidos en la sábana de un hotel a la espera de la amada, o en el práctico departamento que se encuentra al lado del gym, para facilitar los sistemáticos e intensos encuentros a favor del ejercicio horizontal del amor, o vemos las prendas caer o ya están en el piso como recordatorio de esa prisa que invade a los amantes y que sólo se calma con… amor.

De esta manera fue como Beatriz y Federico construyeron un mundo literario que devela recovecos antiquísimos y también cotidianos de la condición humana del siglo xxi. De nuevo, exhiben el poder la literatura.

FEDERICO REYES HEROLES

Amores adúlteros

Cero
(O de cómo empezó todo)

Esa mañana, Él bajó las escaleras oliendo a Ella. Caminó por la avenida sintiéndose dueño de su vida, ligero, con ganas de tener una guitarra para ir tocando y cantando. Entró a una cafetería; fue el primer comensal. Se le notaban los besos en la mirada y el whisky en la sonrisa. La mesera lo atendió, mientras en su cabeza sonaba una canción: *Blackbird*. En tanto esperaba su desayuno, imaginaba que Ella estaba enfrente. Le susurró: Tus ojos son un mar al que reconozco y en el que nunca me he sumergido. Más tarde llegó a su hotel, se tiró sobre la cama y la pensó, mientras su cuerpo se fue hundiendo despacio en una sensación difícil de describir pero parecida a la certidumbre de haber encontrado algo esencial.

1

Ella sonríe —porque no puede evitar sonreír cuando lo mira a los ojos— y en ese momento Él le dice que tiene unos dientes preciosos. ¿Mis dientes? Sí, sobre todo el incisivo, éste: es travieso, juguetón. Entonces, sin importar que estén en un lugar público, en ese restaurante donde se citaron para delinear su futuro, Ella le acerca la boca ligeramente abierta para que Él se quede a vivir en sus labios, por siempre.

2

¿Es posible que se hubieran conocido en otra vida? Tal vez veinte años atrás, en el centro de una historia breve y aparentemente ligera.

Se reencontraron de manera casual aunque, desde el principio de su correspondencia electrónica, a los dos se les adivinaban las ganas. Unas ganas pequeñitas, apenas visibles.

Probablemente querían escribir, juntos, las primeras líneas de un cuento. Compartir unas horas revisando la trama, las voces narrativas y la verosimilitud de sus personajes. Todo quedaría dentro de un taller literario y detenido en las viejas fotos de su adolescencia. Sólo eso…

Pero ahora los observo, atrapados en un torbellino insensato. El deseo ha tomado el mando y no quiere devolverlos a sus condiciones de origen, a esas vidas cotidianas que, sin darse cuenta, los abrazan, asfixiándolos.

Todo temen. Todo gozan. Caminan a grandes pasos. Enormes. Tienen prisa. Saben que no deben detenerse. No lo hacen. Los instantes se les escapan. Prefieren aventurarse mar adentro a cazar mariposas, a hilvanar futuros perfectos. A inaugurar palabras que le den vida a este amor nuevo.

Nunca se habían encontrado, frente a frente, miradas tan brillantes.

Sus cuerpos parecen reconocerse. Cada hueco que se llena apaga la sed compartida. Momentáneamente.

Las pieles dialogan mientras ellos sueñan porque sólo eso les está permitido: imaginarse. La realidad, tangible, concreta, les ha sido vedada.

Sigo observándolos: Duermen desnudos, agotados, ensalivados. Sus sexos todavía tiemblan. Besos eternos los contienen. Al despertar, se acarician en la penumbra, despidiéndose. Todo queda por decir y, sin embargo, sus voces han sido aniquiladas.

Pronto se sentirán desgarrados e incompletos. No podrán hacer nada. Saben que si quieren seguir juntos, si quieren volver a existir en el único de los mundos posibles, tendrán que tomar papel y lápiz para crearse. Nada más son eso, nada menos: dos personajes de ficción que, amándose, se van reinventando.

3

4

—No quiero abrir los ojos.

—Pero ya amaneció, ya despertaste.

—Si los abro dejo de verte.

—¿Te pongo *Here Comes The Sun*?

—¿Y si no sale el sol?

—Ya salió, amor, está radiante.

—No quiero separar los párpados y ver cómo se va haciendo nítida mi realidad sin ti.

—Estoy contigo.

—Estás en mí, pero no aquí.

—Es nuestro amor, déjalo entrar en tus pupilas.

—Duele que entre.

—Duele más que salga.

—¿Cómo empezar de nuevo a vivir?

—Primero imagina que estamos juntos, que mis ojos te penetran hasta el otro lado de ti, el lado en el que hicimos el amor hasta que éste nos deshiciera.

—¿Hicimos el amor?

—Hicimos la noche, hicimos la luz, hicimos el tacto, hicimos el tiempo y el espacio, hicimos una promesa silenciosa.

—No me atrevo a despertar.

—Despertaste. Quizás no te atrevas a mirar lo que hay cuando uno se despierta. Como los objetos que hace un parpadeo eran tan comunes y ahora te miran como si no te conocieran.

—Y las voces que hace un silencio eran familiares.

—Pero que ahora son paisaje y no destino.

—Si abro los ojos, ¿me escribes algo?

—Ya te lo he escrito. Hay una docena de palabras esperándote en el frutero.

—¿Será verdad lo que sentimos?

—¿Tendrá sentido la verdad?

—Voy a abrirlos despacio, mirando tus cejas, los arcos que me conducen.

—*Here comes the sun.*

5

Ambos fueron golosos y antojadizos. El queso les fascinaba. Brindaban con ron, whisky, vino tinto… o con lo que les diera la gana. Sumando sus odios quedaban fuera la mantequilla y la cebolla: las despreciaban. Vivieron alrededor de una mesa y de una cama. Comiendo. Comiéndose sin descanso. Murieron con la panza llena, empachados de sexo y un brillo pícaro en la mirada.

6

Se conocieron en una escuela hace muchos años.

Se reencontraron por internet, obedeciendo al dictado de los tiempos.

Tuvieron que despedirse en menos de quince días: así lo ordenó su conciencia cotidiana.

Pero se quedaron dormidos, uno adentro del otro, soñándose y amándose eternamente, sin que nadie más lo notara.

7

Hemos acalambrado a más de uno con esta noticia nuestra.

8

Cuando Ella se enteró, por la indiscreción de alguna persona, que su esposo le era infiel, rápidamente cubrió su rostro con ambas manos y bajó la mirada. No quería que nadie notara esa enorme sonrisa.

9

Cuando Él se enteró que los viajes y el ensayo de su esposa sólo eran la excusa perfecta, le llamó, extasiado, a Ella. Entonces, finalmente pudieron inaugurar sus planes y recorrer su vida nueva.

10

Amanece. Ella todavía duerme. Él le susurra al oído: Espero que tus párpados, al separarse, reciban un día tan hermoso como el paisaje de tus pupilas.

Después le da un beso acechante, suave, insistente, incesante, contundente y certero al clítoris de su razón.

11

Se lo dejó por escrito. Una nota en tinta negra sobre papel reciclado, recargada en su computadora:

Me tienes al borde de la felicidad todo el tiempo. Eres la mejor noticia del día y de la noche. Mis orgasmos reanimados y plenos. Mi fantasía a toda marcha. Mi travesura excelsa. Mi reina, mi concubina, mi escondite, mi hallazgo, mi luna llena, mi alma gemela, mi nalga gemela, mi micrófono, mi auto exploración, mi regalo, mi tigresa cachonda, mi último deseo, mi primer pensamiento.

13

Quince días después de su viaje, el contador de la empresa, ese gordito que dista mucho de ser simpático, le reclama:

—Nos están cobrando una almohada de la habitación 1403, cabrón. ¿A poco de veras te la robaste?
—No era una almohada —contesta Él, sereno—. Era un anillo de compromiso.

14

Tu saliva es la salida de emergencia de mi vida y la entrada de urgencia al mundo donde quiero estar. Es mi crema corporal, mi perfume. Es la humedad de mi boca, de mi sexo, de mis lágrimas. Es mi sueño vital.

15

—¿Te puedo hacer una pregunta?

—Supongo que puedes.

—¿Siempre eres así de sensible?

—¿Física o emocionalmente?

—Ambas.

—¿Con mi marido?

—No, con tus amantes.

—Tonto.

—Es decir, en general, ¿eres así de entregada?

—¿Sexualmente hablando?

—Sí.

—En el sexo se expresan las emociones, ¿no?

—¿Las del alma o las de la carne?

—¿Acaso son distintas?

—Tú dirás.

—Me preguntas si soy siempre igual de entregada…

—De apasionada.

—Tu pregunta contiene tantas otras, que te la voy a responder por capas.

—Como las cebollas.

—Odio la cebolla, mejor digamos que como una pintura.

—De acuerdo.

—Hago el amor con mi marido en promedio una o dos veces a la semana.

—*Wow*. Después de tantos años, no está mal.

—No, no está mal. Pero tampoco está bien.

—¿...?

—Él dice que le gusto cada vez más.

—¿Y tú que dices?

—Que procuro que él termine lo antes posible porque ya no lo disfruto.

—¿Y te vienes?

—Sí, claro. Bueno... a veces. ¿Quieres saber la verdad? Casi nunca. Además, hay una gran diferencia entre venirse y alcanzar un clímax. En lo doméstico, a veces me vengo y a veces no, pero llegar en cuerpo y alma hasta donde la razón no llega es muy distinto, y es tuyo y mío.

—¡...!

—Una venida casera empieza con la temperatura fría de la crema lubricante en los dedos; cerrar los ojos para elegir, entre el álbum de las fantasías, la foto que más pronto me saque del apuro. Y escoger, del menú cotidiano, el frote y la fruta que sacien con más premura.

—¿Y un clímax tuyo y mío?

—Ese empieza con el deseo. Y el deseo no se vende en ninguna farmacia.

—¿Y con qué termina?

—Con el asombro. Y con las prioridades patas pa' arriba.

16

Es un día lluvioso, de un tenue chipi chipi. Él y Ella están en un restaurante desayunando chilaquiles verdes. Deliciosos. Ríen. Se platican sus anécdotas de la adolescencia y la adultez temprana. Aventuras. Viajes. Recuerdan y ríen más. Se dan cuenta de que hay muchas coincidencias. Lugares y personas en común. Están felices. No saben que eso, su pasado, es lo único que les queda.

18

Él le escribió:

Tienes una cara de proyecto a largo plazo, que no puedes con ella.

Al día siguiente la abandonó sin darle explicaciones.

19

Incoherencia: Cuando logran un instante de magia, Él bufa y gruñe. Sin embargo, no es un animal. Ella dice Dios mío, Dios mío, aunque no cree en Dios.

20

Él le dice que está perfecta, que tiene rostro de niña. Entonces, ella sale a la calle con el cabello revuelto, el rímel corrido, olor a sexo y una sonrisa sospechosísima en los labios.

21

En el mismo momento, cuatro niños de edad similar abren los ojos, sorprendidos. Lloran. Saben que están perdiendo algo. Aunque no se conocen pues viven en diferentes partes del mundo, los une algo muy fuerte, que los desgarra.

Él le dijo:

En tu mirada flotan nubes nunca antes vistas, en tus labios hay arroyos cuya agua sacia una sed que jamás había tenido, en tu piel hay mil regalos por abrir, mil ventanas para entrar y cientos de miles de caminos por recorrer. Hay tardes de sol y de vino en nuestras horas, si es que decidimos arrancar sus racimos, hay caricias que vuelan en parvadas migratorias, promesas y proyectos en capullos, amaneceres de sexo e historias, palabras semilla en cada silencio mutuo, todo listo para germinar, para abrirse en fruto, un destino arbolado y virgen que espera nuestra llegada, por si nos atrevemos a partir.

Ella lloró de gozo con la sola idea de atreverse.

23

Cada mail tuyo es un clímax mío. Estoy empezando a experimentar correos múltiples...

24

25

Ella:
Dejó de funcionar mi cerebro… ¿y si deja de funcionar mi corazón?

Él:
Entonces te doy el mío, que ya es tuyo.

26

Nuestra conversación, como siempre y como nunca, se vuelve papalote y se eleva, gira, sube, alcanza parvadas que navegan fácilmente, remontándonos a una luminosidad simple, tanto, que lo demás no existe. Nadie. Nada. Sólo tú y yo, esta botella de vino que me pasas y te paso, estas sábanas frescas, aquella ventana con un atardecer en el que tu cuerpo y el mío se convierten en un río. Hacemos un amor nuevo y abundante, hondo y caudaloso, cambiante, encauzando cada palmo hacia un océano infinito al que nuestras pupilas llegan en atisbos; nos arrebatamos la carne, nos la ultrajamos, la estrujamos, la arañamos, la acomodamos en apetencias sublimes, egoísmos implorantes, desbordes irracionales y soltamos las amarras del tiempo para caer y caer y caer en el estruendo de una catarata de gemidos, gruñidos, improperios, súplicas; un grito largo, entrecortado, un fuelleo quejumbroso, una deidad que no nos cabe en la garganta.

Abres un párpado. Yo abro el otro. Aquí estamos. En este mundo. Exactamente. Tú y yo. Empapados. Palpitantes. Protagonistas. Testigos. Cómplices. Recién llegados.

27

Qué delicia eres. No tengo idea de cómo describir la inmensa atracción que siento por ti. Será tu cara de niña inglesa, tus tetas de dama cortesana, tu piel de gran señora, tu sonrisa hippie, tu lengua golosa, tu sabor a fruta íntima, tu cadencia indecente, tu forma de acomodarte y de llegar, la tensión de tus muslos, tus frases rotas, la manera en la que cabemos en un asombro tras otro, tu risa, tu mirar de pronto manso.

Me tienes. Y me encanta.

29

—Amanecí con mariposas en el estómago…
¿Tendré que ir con un gastroenterólogo o con un psi-
quiatra?

—¿O donde un entomólogo? Yo deberé ir a
ver a un oceanógrafo. Porque en alguna playa nudista,
vientre adentro, el mar lame la arena como si cada ola
fuera la primera.

—¿Y si mejor nos convertimos en especialis-
tas de nosotros mismos, yo de ti y tú de mí? Consultar
a un oceanógrafo es muy caro. Recomiendo que nos
aventuremos mar adentro, una vez más, antes de que
las mariposas decidan descansar un rato.

—Me parece muy buena idea lo de ir al océano.
¿Qué tesoros y qué extrañas criaturas nos habitarán?

—Ya lo veremos [guarda silencio].

—Estoy suculentamente intoxicado de ti.

—Y yo, de ti estoy envenenada.

Le dice Él a Ella, o Ella a Él, poco importa:

Por causar tanto dolor a nuestros seres queridos, estaremos condenados a pasar cientos de años en el infierno. Dime, ¿los quieres pasar conmigo?

31

Ya soy Tuya. Eres Mío. ¿Qué hago con mis otras pertenencias?

33

Tengo hambre de ti... pero estoy a dieta.

34

En el instante en que sus miradas hacen contacto, se desvanecen las desveladas, los arañazos de la rutina celosa, los malos entendidos, los dolorones de cabeza, las crisis existenciales, los cuestionamientos, los horarios hipertensos, las agendas rabiosas, la taquicardia y las intolerancias a todo lo que no sea Él y Ella.

Robarse una, tan sólo una de las cincuenta y dos semanas del año, además de un incalculable efecto dominó, tiene un precio que la vida se cobra con ironías. En el caso de Ella: un ascenso de puesto reciente. Al esmerarse, con admirable habilidad, en terminar sus proyectos para escapar una semana con Él, su supervisor la premia nombrándola jefa de su departamento. Resultado: proyectos de mayor envergadura y mucho más complicaciones. En el caso de Él: rediseñar la identidad corporativa de la empresa en la que trabaja. El dueño de la compañía, al enterarse de la rapidez y el acierto con los que Él simplifica lo que otros complican, lo honra públicamente con tan codiciada responsabilidad. Resultado: envidias, zancadillas y estar bajo la lupa del jefe de tiempo completo.

Ese ha sido el precio de robarle una semana al trabajo, pero robársela a los cónyuges e hijos ha desencadenado enfermedades espontáneas, chantajes inmorales, tartamudeos súbitos, llantos secos, berrinches sin provocación, egoísmos atávicos, tiranías operísticas... en fin, una golpiza emocional que, si fuera visible, los rostros de Él y Ella, que de milagro están vivos y que por fin se encuentran frente a frente en el aeropuerto, lucirían deformados por los puñetazos de un calendario autómata que se defiende a muerte.

Pero aquí están y basta con que sus ojos se encuentren para perderse la Una en el Otro. Dos pequeñas maletas y una semana sin estrenar. Se besan y poco a poco reviven, como náufragos que beben su primer trago de agua.

36

¿En qué mundo cabe que, habiéndonos conocido tan pronto, nos hayamos conocido tan tarde?

37

Ella quisiera cambiar de pluma: es hora de que escriba su vida con otra tinta. Tal vez azul.

38

—No entiendo qué me pasa.

—No te preocupes, esto sucede a veces. Debe ser el estrés.

—Es que no dejo de pensar que no te convengo, no sé si te estés imaginando a un hombre que no soy.

—Estoy contigo porque amo tu realidad. No necesito fantasear con nadie. Me encanta tu manera de ser. Y quiero seguir conociéndote.

—¿Y si de pronto te das cuenta que no soy el que esperabas?

—Bueno, aquí ya entramos al terreno de las posibilidades funestas. ¿Qué tal si me da un aneurisma justamente el día que nos vayamos a vivir juntos y me quedo paralítica y en silla de ruedas, no?

—Ay amor, es que tu vida ha sido tan perfecta, tan llena de sol y de gente que te quiere y que te sonríe. Y yo a veces pierdo mi presencia, ¿me entiendes?

—No. Explícate, por favor.

—Hay días en los que, aunque me encuentre físicamente en un sitio, no se nota que estoy ahí. Es como si mi masa no tuviera presencia.

—¿Como que te baja la regla?

—No… bueno, más o menos, pero en lugar de sangre, lo que pierdo es esencia. Me hago altamente prescindible.

—¿Y hoy es un día de poca presencia?

—Lo es. Por eso mi sexo no se nota. ¿Lo ves?

—Que no tengas una erección una de tantas veces, no es tan dramático.

—Hoy es un día dramático. Todas mis células se rebelan en mi contra. Me odian. Quisieran dar un golpe de estado y mudarse a otra persona o que alguien más me reemplazara. Hoy debo guardarme mis opiniones y mis comentarios y mis observaciones. Hoy las cosas tienen rostro y me miran a disgusto. Hoy hasta el aire intenta barrerme lejos. Mis pensamientos discuten, a puerta cerrada, cómo deshacerse de mí. Las bolsas debajo de mis ojos guardan bombas de tiempo que harán estallar, en cualquier parpadeo, para que envejezca quince años de golpe dentro de la regadera o sentado en el excusado. Hoy mi suerte es una perra que muerde. Hoy soy el hombre más aburrido del mundo y en cualquier momento llega la Asociación Guiness de Records a establecer la nueva marca.

—Qué pena que un hombre tan interesante no se deje complacer por una señora que se muere de ganas de ser puta y que la reconozcan en Guiness como la más caliente de todas las amantes. Mira: ya estás regresando…

—Creo que necesitaba confesarte que mi existencia a veces fluctúa y se desvanece. Gracias por escucharme sin recomendarme ningún medicamento ni doctor ni acupunturista ni dieta alguna ni nada más que tus ganas de estar aquí conmigo, tal cual.

—Uy, ya te pusiste como me gusta.

—¿Ves? Como siempre, estás en mis venas.

—Hoy te vas a morir pero de puro asombro, agárrate, mi vida…

39

Prometimos amarlos por toda la eternidad y no lo cumplimos. Ahora, para pagar nuestro pecado, estamos entrando al paraíso.

40

41

—Dime la verdad —le susurra Ella al oído—: si no me hubieras conocido, ¿me querrías de igual manera?

42

Él y Ella, en un pacto tácito, decidieron confesarse de antemano sus defectos y pecados. Fue una manera de limpiarse, de renacer transparentes. Hablaron, también, de cosas tan íntimas como erecciones y humedades. Enseguida supieron que no se podrían hacer ninguna promesa pero, también, que no la necesitaban.

43

Si estuvieras aquí, me acurrucaría junto a ti. Pero como no estás, me estoy acurrucando junto a tu recuerdo y junto a mi esperanza.

44

Era un sábado largo y sinuoso. Ella se acababa de ir, dejándolo solo. El único asidero que Él encontró para no ahogarse en el mar de su tristeza fue componerle una canción. Por la noche, se la mandó recién salidita del horno —música, voz, arreglos y letra— esperando, con ansiedad, saber de Ella.

Dónde pongo
El mundo que inventamos
Los besos que nos dimos
Las cumbres que alcanzamos
El amor que nos hicimos

El peso de tus pechos en mis manos
El éxodo del mundo que habitamos

Tu forma de llegar
La luz de tus pupilas
Tus muslos en mi cuello
Tu magia desmedida
Tu modo de cumplir
Hazañas imposibles
Tu forma de invertir
En sueños invencibles

Dónde pongo
Tus palabras y las mías

Nuestra nave sin bagaje
Toda nuestra sincronía
Nuestro amor sin equipaje

Dónde pongo…

45

Qué rica tu voz. Digamos que va desde la textura del terciopelo rojo-casi-negro hasta la de una lija sutil y tibia. Es una voz juguetona, tierna, traviesa, masculina. Es, lo confieso, la voz que adoraría escuchar el resto de mi vida. La voz con la que me gustaría viajar, despertarme, pasar tardes enteras compartiendo un sillón mientras leo alguna novela. La voz con la que quisiera ir al cine, a pasear por algún parque. La voz perfecta para que me susurre palabras cachondas al oído. Para que me cante mientras cierro los ojos y sueño fantasías. Es la voz que deseo escuchar, gozosa, por y para siempre. Amén...

46

Los dos son hipertensos…
¿Será porque sus corazones tenían prisa por encontrarse?

48

Quiere comérsela a besos, aunque teme indigestarse.

49

Él:
Eres una loba casada con un león. Y yo, un lobo que vive con una tigresa.

Ella:
¿Sabías que los lobos son monógamos?

50

Te amo con locura, con cordura, con paciencia, con arritmia, con ausencia, con prestancia, con esperanza, con alivio, con urgencia, con aliento, con dolor, con ensoñación, con alegría, con desesperación, con lujuria, con fantasía, con planes, con humildad, con arrogancia, con estridencia, con colorido, con silencio, con cualquier roce, con cualquier pretexto, entre los párpados, en mis venas, en mi pecho, entre mi cráneo, en mi escroto, entre las uñas, bajo la lengua, en cada momento en el que renace la existencia, en todas mis moléculas, en mis vidas pasadas y futuras, desde el embrujo, desde la compasión, desde el hurto, desde la jactancia, desde el primer instante, te amo mujer, te amo artista, te amo meretriz, te amo diosa, te amo río, te amo océano, te amo firmamento, te amo pared en la que pinto tu rostro, te amo tatuaje en mi ventrículo izquierdo.

51

52

Él se lo dijo a Ella cuando todavía no estaba ciego:

Te busco en cada parpadeo.

53

Sin aviso los ahogó un tsunami, los atropelló un tren, los enterró un terremoto, los asfixió el humo, les pasó por encima un camión de carga, los despedazó un tanque de guerra, el fuego quemó sus pieles, los azotó un ciclón de mil deseos.

Ni se enteraron. Ahora… es demasiado tarde. Por eso sonríen, maravillados.

54

Ya no recuerdo quién le escribió a quién:

Tus palabras, parvadas de bien, son curativas y esenciales y verdes y rosadas y me cubren como un manto energético. Te amo: llevo tu pulso en mis venas.

55

Me encantaría atarte las manos en la cabecera de la cama, vendarte los ojos y dedicarme durante horas a explorar tus zonas erógenas hasta convertirlas en mis zonas postales.

Mis armas: un vibrador, una pluma esponjosa, el vaho de mi boca, mis labios y, muy pero muy de vez en cuando, mi lengua. Torturarte dulcemente, sin prisas, dueños de la tarde, sin permitir que tus sentidos se sacien en un orgasmo. Tocarte, hurgarte, chuparte los pezones, recorrer tu monte de Venus con mis yemas sin presionar, retirarlas el instante previo a que tu oleaje embravezca y reemprender las caricias, subiendo y bajando hasta el principio de tu humedad, pero sin tentar tu jugo, posar mis labios en tu sexo y con el calor húmedo de mi respiración, entibiar tu clítoris henchido, sentir el calor emergente de tu vulva mientras tu voz dibuja una frase inconexa, rota, un lamento, una súplica-grito y en ese instante lamer despacio desde tu ano hacia tu clítoris y sentir el empujón feroz de tus pies sobre mis hombros para que ya no te toque más.

Quiero que seas mía.

56

—Dice mi esposa que consulte con mi médico pues cree que debo tomar viagra.

—¿Qué? ¿Viagra tú? ¡Por Dios, no me hagas reír!

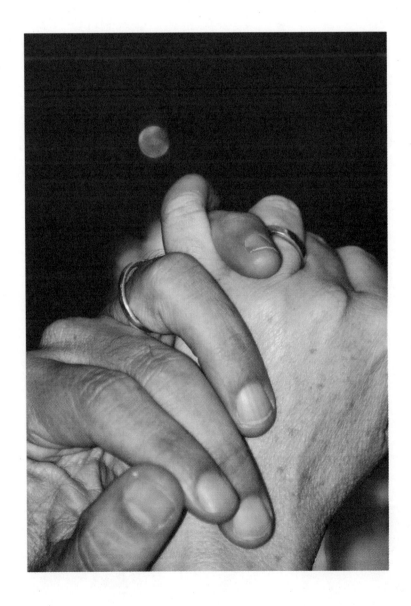

58

El grito del ángel los estremece:

"Cuando encuentras a tu alma cónyuge equivale a vivir el cielo, el paraíso, estando encarnado. Pocos seres humanos son tan afortunados."

59

Ella está en el salón de belleza. Saca su teléfono para marcarle: quiere preguntarle de qué color pintarse las uñas de los pies. En ese instante se da cuenta de que está profundamente enamorada.

60

No puedo dormir sin decirte que me haces muy feliz. Aunque suene cursi. Has llenado mi vida de luz. Aunque suene religioso. Te adoro. Aunque suene fanático. Y no quiero que esto se acabe nunca. Aunque suene soñador.

Te amo. Aunque suene prematuro.

61

Esta es la primera vez que te escribo con alcohol en las venas. Me tomé tres tragos y se me abrieron las compuertas del amor como nunca. Qué te digo. Estoy absolutamente enamorado de ti. ¿Qué se me antoja? Que un día me llames por teléfono y me pidas que venga a tu lado. No sé lo que somos, un paréntesis en nuestras vidas, un signo de interrogación, de exclamación, puntos suspensivos o una hoja en blanco. Pero somos y de qué manera. ¿Para qué nos habrá puesto el destino en el mismo punto decisivo? ¿O es que abordamos el tren del devenir con boleto de ida pero no de regreso? No puedo pensar. Lo has dicho bien, no intentemos pensarlo por ahora. Soy puro sentimiento. Me dan ganas irracionales de renacer a tu lado. Todo lo irracional, lo que no deberíamos hacer ni decidir, es precisamente lo que deseo. Mi corazón se siente libre al desear estar contigo para siempre. Aunque todo tenga fecha de caducidad, creo que duraríamos muchos años juntos, muy intensos, muy cómplices, muy divertidos. Y muy amados. Y resguardados. Y protegidos. Y asombrados.

Estos son los momentos más felices que he vivido en un chingo de vidas. Estoy seguro que recordaré estos días como la cúspide, como el mar, como si de pronto me hubieran concedido la habilidad de volar y desde hace dos semanas lo estuviera haciendo. Como si fuese un ciego que recobró la vista por quince días.

Te amo. Y deseo con toda mi alma que se me cumplan todos los deseos incorrectos y que la vida nos haya tendido una salida, no una trampa, no una broma, no una lección.

No voy a poder dormir. Pero no importa. Estoy en plena metamorfosis amorosa. Soy un cabrón que nació para conquistarte. Soy una gran historia de amor, pero únicamente a tu lado.

62

63

Ella se despierta en su cama perfecta, en su casa perfecta, en su colonia perfecta. Amanece en su vida perfecta, con un marido perfecto a su lado y dos hijos perfectos esperándola para que, como todas las mañanas, los lleve a la escuela.

Respira satisfecha: tiene lo que siempre deseó, imaginó. Amor, libertad, familia, suficiente dinero para no angustiarse, comodidades, viajes, ternura, comprensión, aventuras, sonrisas. Armonía. Amistades en común. Intereses. Proyectos a largo plazo.

Y sin embargo, no puede dejar de pensar en esos ojos luminosos que no le han hecho ninguna promesa ni le han ofrecido más que la simple tentación de saberse enamorados.

64

¿Cómo puede un hombre que ya es tuyo regresar con una mujer a quien ya no le pertenece? ¿Por el amor a sus hijos? Tú y yo somos nuestros, pase lo que pase.

Y aunque lo primero que pase sea el tiempo, deseo que pasemos juntos el tiempo que nuestra historia de amor merece.

65

—¿Cuántas veces me prometiste que me amarías por siempre?

—Ninguna

—Varias, muchas. Muchísimas, de hecho.

—Tal vez, pero no hablaba en serio.

—¿Y ahora?

—¿Ahora qué?

—¿Hablas en serio?

—De la manera más seria en la que puede hablar un hombre recientemente enamorado.

—¿Enamorado de quién?

—Poco importa. De ti, no. Hace mucho tiempo que no te amo.

—¿Y me lo dices así, tan tranquilo?

—Porque tranquilo estoy. Bueno, también un poco ansioso.

—Tienes prisa, ¿eh?

—Quisiera terminar de hacer mi maleta.

—¿Regresarás esta vez?

—Es probable. Ya sabes que siempre acabo decepcionado.

—Y yo siempre termino aceptándote nuevamente.

—Porque me amas.

—Porque te odio y sé que, conmigo, tu destino será insoportable.

—Me voy. Por fin.

—¿Ya guardaste tu pasta de dientes?

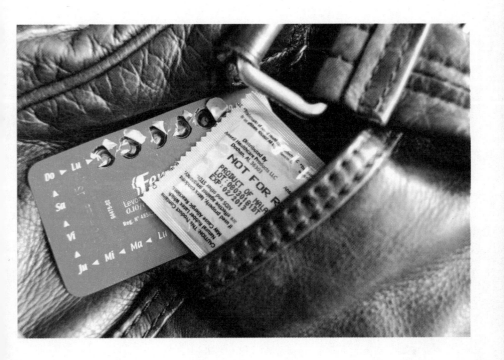

67

Ella tenía las manos, los labios y la lengua de una cortesana.

Él la amó por eso.

También por eso la dejó.

68

Se escribieron una exhaustiva lista de defectos y virtudes. Leyeron y analizaron. Casi aprendieron de memoria cada punto. Creyeron que así se conocerían, pero en realidad no supieron quiénes eran hasta que degustaron sus salivas.

69

Creyeron en la magia, en la fantasía. Ella se transformó en hada. Él, en Pegaso. Desplegaron las alas y emprendieron un feliz viaje del que no han regresado.

—Llevas quince minutos pensándolo. ¿Te da miedo equivocarte?

—Me da pánico. Siempre he odiado tomar decisiones.

—¿Por?

—Porque al elegir un camino, necesariamente dejamos otro fuera,

—¿Por ejemplo?

—¿De verdad quieres un ejemplo? Está bien, tú lo pediste: o me quedo con mi esposa o me voy contigo.

—¿Y no puedes ser como todos los hombres, que tienen una mujer para su gimnasia y otra para su altar? Cada una en su cajón, muy bien acomodaditas.

—No: estoy demasiado enamorado de ti.

—No te preocupes, esa enfermedad se quita con el tiempo. No es progresiva.

—A veces odio tu extremo raciocinio.

—Y yo tu emotividad sin límites.

—Es la única manera de vivir que conozco: apasionadamente.

—Si me eliges, si insistes en que tu brújula apunta hacia mí, seguro te vas a equivocar, pero…

—¿Estás tratando de asustarme?

—…pero si permaneces con ella, siempre te quedará una duda que te irá carcomiendo.

—Lo dicho: odio tomar decisiones.

—Ya estamos filosofando demasiado. Dime, Pegaso mío, ¿has decidido?

—Sí, es definitivo. Como no hay de vainilla, prefiero una bola de chocolate. No, mejor de guanábana. ¿O fresa? Mmmm... El de mango se ve rico, ¡qué bestia!

—¿Ya?

—Espérame tantito, no logro decidirme.

71

Ella:
¿Por qué quieres besarme?

Él:
Para quedar zurcido a tu cuerpo.

72

73

El niño busca la palabra "adulterio" en el diccionario.
Teme que sea una enfermedad incurable. Su pequeño
dedo recorre los vocablos: *adiós, adivina, ad libitum,
adorar, adrede, adrenalina.* Cuando llega a *adular,* su
mamá lo llama a la mesa: la comida está servida. Como
tiene tanta hambre, el pequeño decide dejar el final de
su infancia para después del postre.

Él tiene un amigo. Un día antes de que lo operaran, tuvo que hablar con el cirujano. No quiero que me suban a mi habitación hasta que no haya salido por completo de la anestesia. Debe prometérmelo. No importa cuánto me cueste estar en la sala de recuperación el tiempo necesario. Está bien, no es cuestión de dinero, pero lo mío es asunto de echar a perder mi vida. ¿Sabe, doctor? Cuando estoy saliendo de la anestesia me da por hablar, por decir cuanta cosa me pasa por la mente y yo tengo un secreto que debo guardar a toda costa. En la habitación van a estar mis hijos y mi mujer, esperándome, y no deben enterarse. No voy a deshacer un matrimonio de más de veinte años. Se lo ruego, no me suban hasta que no haya recuperado la conciencia totalmente. ¿Qué pasaría si, en voz alta, repito su nombre? ¿Sabe, doctor? Cuando despierto, siempre tengo su rostro en mi mente y su nombre en mis labios.

75

Ella tiene una amiga experta en amores adúlteros. La amiga vive lejos pero, conociendo sus dudas, sus miedos y sus ganas de hacer posible lo imposible, le mandó un correo que dice:

El amor debería ser razonado, razonable, conveniente, prudente, de acuerdo con las reglas sociales y familiares, pero entonces no sería amor. Lo único que te pregunto es... ¿puede una pasión resistir lo cotidiano y cuánto se debe arriesgar para averiguarlo? Mejor goza el presente. No hagas cortes a tontas y locas. Conserva lo que tienes con la amplitud que esto significa en todos los frentes. Claro, es trabajo de equilibrio, pero tú tienes la inteligencia suficiente para caminar por la cuerda floja y admirar el panorama. Las caídas están descartadas de antemano. Sólo un imbécil se lanza al vacío si no tiene un paracaídas como el que inventó Leonardo da Vinci. Recuerda que la mujer es la que dirige, mide, permite, alienta, apasiona y seduce. Así que brindemos por la madurez del corazón.

77

Gracias por decorar mi habitación con tu sonrisa, con tu voz, con tu mirada, con tus diosmíos y con esa piel tuya que me ha hecho renacer lleno de vigor, de locura, de ganas de vivir plenamente como si cada minuto fuera el último. Gracias por permitirme morder duraznos e higos, encontrar manantiales y depositar mi voz en un grito tan hondo como el misterio.

En la vida hay un amor que verdaderamente nutre. Un amor con el que nos expandimos y crecemos hacia los racimos que ni siquiera sospechábamos. Eres el fruto más dulce, el que mejor sacia mi hambre de tiempo, el que me abre apetitos nuevos e infinitos y el que más me recomiendan mi cardiólogo, mi psicólogo y mi almagemelólogo.

Él regresó a su casa muy tarde por la noche. Abrió la puerta. El lugar estaba en silencio. Dejó sus cosas en la entrada. Aspiró los aromas, para reconocerlos. Observó el ambiente, tocó las paredes, vio los muebles y los cuadros. Horrorizado, comprobó que todo le era ajeno.

79

Ese atardecer era pura transparencia. La luz lo bañaba todo en una luminosidad diáfana, tibia, generosa. La higuera, el árbol del aguacate, la fuente, las libélulas, los laureles, los techos lejanos de las casas, las montañas, Él y Ella.

Bebían McCallan en las rocas. Posados sobre el calor de unos escalones de piedra, se miraban a los ojos y ahí veían, quizás sin advertirlo, un manantial de tiempo nuevo.

—¿No sientes como que últimamente en el aire vuelan parvadas y parvadas de la palabra "sí"?

—Es como si todo estuviera de acuerdo con nosotros, a la mejor soy muy ilusa, pero así lo siento.

—Desde que te conozco, las parvadas de "no" emigraron.

—Suena lindo, pero…

—Creo que ya sé lo que nos pasa. Y no estoy tratando de ser el típico hombre que actúa como si lo supiera todo.

—A ver, ¿qué vas a decir?, ¿que creíamos ser felices pero al conocernos nos dimos cuenta de que la felicidad es el deseo de existir con la mayor intensidad posible?

—No, eso ya nos lo dijimos sin palabras.

—¿Con saliva?

—Sí, como dijiste el otro día: saliva de emergencia.

—Ya sé, vas a ampliar el tema de tu comparación del refrigerador con la felicidad.

—Malvada, no me vas a perdonar nunca mi pésima metáfora; estaba borracho.

—La verdad es que no está tan mala, bobo, simplemente me dio risa la seriedad con la que la dijiste: "Uno cree ser feliz igual que cuando cree escuchar el silencio, pero de pronto, ¡puf!, el motor del refrigerador descansa y se da uno cuenta de que en realidad no había silencio". Y de una manera similar, lo que pensábamos que era la felicidad, no lo es.

—Moraleja: las cosas supuestamente calladas son las más peligrosas.

—Y dale con tus moralejas. Pero bueno, te interrumpí, ibas a decir algo.

—Sí, ¿te sirvo otro whisky?

—Por favor.

—Bueno, salud.

—Salud.

—Lo que te iba a decir es que ya sé lo que nos pasa. Creo que nos están usando nuestros antepasados.

—¿Silenciosamente?

—Y amorosamente.

—Qué interesante…

—Mira, anoche, cuando te vestiste estilo *belle époque*, me miró una mujer desde de tus ojos. Mientras nos gozábamos, me veía como a través de los tiempos y en sus ojos fulguraba una súplica, no sexual sino existencial, era un pedido multitudinario, sus pupilas traían un recado de todas las mujeres y los hombres que nacieron, se reprodujeron y murieron para que pudieras ser. Todos los ojos que desde hace miles de años existieron para que mires, me miraban. Y cuando llegamos juntos al clímax, me sentí súbitamente habitado por las generaciones anteriores a mí, las personas que existieron para que yo estuviera en la cama contigo, los corazones, las vergas, las manos, los brazos, las lenguas, las venas conteniendo un océano de la sangre que se mantiene viva en mí, se congregaron para que tú y yo logremos lo que nacimos para lograr. Nuestros antepasados, desde la muerte, nos suplican la vida.

—Que nos amemos sin miedo.

—Sí, que nos arriesguemos. Que lo dejemos todo para tenernos.

—Para hacer nuestra historia.

—Y vivirla, pase lo que pase.

—¡Uta! Y esta noche me voy a vestir de monja. ¿Eran muy religiosos en tu familia?

—Salud.

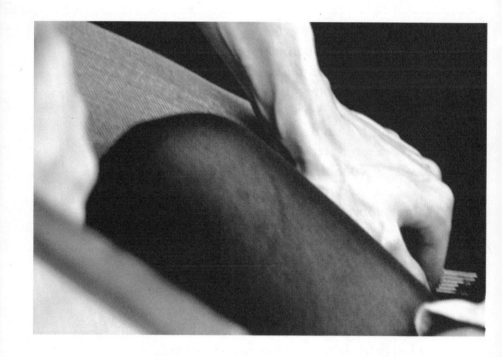

81

Ella tiene un amigo que ha jugado al adulterio de una manera perfecta, durante quince años. Conoció a una mujer mientras hacía ejercicio en el gimnasio. Le pareció encantadora y, sobre todo, admiró sus piernas largas y bien formadas. Conversaron un rato mientras usaban dos caminadoras contiguas. Poco tiempo después, él rentó un pequeño departamento al lado del gimnasio. Desde entonces, todos los martes y jueves, después de ejercitarse en los aparatos, se ejercitan en una cama *king size* que el resto de la semana está abandonada. Disfrutan tener sexo sudados. Adoran sus olores, la humedad de las pieles. Al pasar una hora, se bañan juntos para regalarse las últimas caricias. Él sale antes, hacia su oficina. Ella se maquilla con calma mientras toma un café, y corre al trabajo. Los dos están felizmente casados y nunca han tenido la tentación de verse fuera de esas cuatro paredes. Llevan quince años de sexo sabroso, de erotismo sin compromisos ni promesas, fuera de la vida cotidiana. Y lo mejor de todo: ambos mantienen una figura envidiable.

83

Él tiene cinco amigos que también están insatisfechos pero no se atreven a correr el riesgo de enamorarse y echarlo todo a perder. Quieren a sus esposas y les gusta su vida confortable y ordenada. Entonces, alguien les da una idea que, al parecer, está de moda. Contratan a una bella estudiante, de familia decente, pero que necesita el dinero para terminar de pagar la maestría. La investigan lo más que se puede investigar a una persona. Firman un contrato: discreción absoluta es uno de los puntos. Uno más: mientras sea la amante de los cinco, no puede tener relaciones con ningún otro hombre. Ella les entrega, a principios de cada mes, los estudios de laboratorio que comprueban que no tiene ninguna enfermedad venérea, y menos aún el VIH. Entre los cinco rentan un estudio amueblado, "perfecto para ejecutivos solteros". Eligen el día conveniente. El abogado prefiere los lunes. El arquitecto y el dueño de la empresa importadora discuten un rato sobre el jueves. Alguno de los dos acaba cediendo. Así, cada uno resuelve su vida sexual sin culpas, descargando su semen una vez a la semana.

—¿Ves algo?
—Nada, sólo negro.
—¿Segura?
—Sí.
—¿Está muy ajustada la venda?
—No. Está bien.
—Voy a desabotonarte la blusa.
—Uy…
—¿Sientes mis palmas?
—Sí, tan cerca de mi piel que me queman.
—Toma mi brazo, recuéstate boca arriba.
—¿Qué me vas a hacer?
—Quiero que veas el paraíso que hay detrás de tus párpados.
—¿Aquí?
—Sí. Ahora eleva tus brazos.
—¿Merezco ser esposada?
—Y condenada a la paciencia. ¿Estás cómoda?
—Me siento demasiado expuesta.
—¿Te lastiman las muñecas?
—No.
—Voy a sacarte los jeans. Y las bragas.
—¡…!
—…
—¿Dónde estás?
—…
—Ay, sí… ¿qué me haces?

—Te recorro…

—¿Es una pluma o tu respiración?

—Es la primera caricia de una tarde de tor-
tura…

85

Tras Él se fueron las mariposas, etéreas, volátiles. Ahora Ella está más tranquila, menos ansiosa. No siente un nudo en el estómago a cada rato. Se prepara para retomar su vida, quitar la pausa y seguir a partir del instante en que el primer beso la dejó congelada. Está feliz. Pronto reencontrará la calma cotidiana.

Le da un sorbo a su té rojo y enciende la computadora. Fija su mirada en la pantalla pero únicamente ve el rostro de Él, su sonrisa franca y cálida. Decide, mejor, abrir su agenda para recordar sus pendientes y comenzar a palomearlos (le gusta ser ejecutiva de vez en cuando). Pero ahí, entre las páginas, sólo un nombre salta: el de Él que la espera, anotado en cada línea de cada día de cada mes de cada año. ¿Quién, a qué hora, cómo, para qué y por qué se atrevió a agendarlo?

El culpable fue ese amanecer mágico, de volcanes lúdicos y orgullosos. O tal vez pasó desde antes, desde el inicio de los tiempos, desde que inventaron el mito del amor eterno ¿No dicen, acaso, que el futuro está escrito en nuestra mirada?

86

Saben que ahí está la muerte, esperándolos. A cada uno le llegará su momento, por separado. ¿Cáncer, paro respiratorio, infarto, algún accidente? Para engañarla, deciden encarar juntos el fin. Se preparan como en un rito. Hacen el amor durante horas y días enteros, hasta quedar sin fuerzas. Se concentran todavía más, pero siguen existiendo. Entonces, se dan cuenta de que no les queda otro remedio: para morir de amor, se abandonan. Jamás volverán a verse; es necesario.

Él y Ella todavía respiran, pero han muerto ya.

Conversación telefónica:

—Nuestra relación no puede seguir.

—¿Por qué?

—Porque ya hemos caído en puros lugares comunes.

—Obviamente: el amor es el más común de los lugares.

—Entonces, inventemos otra cosa.

—Está bien: te odio.

—¿Mucho?

—Muchísimo.

—¿Cómo?

—Te odio apasionadamente.

—¿Cuánto?

—Más de lo que imaginas.

—Pero seguramente menos de lo que quisiera. Yo también te odio. ¡Te odio con toda mi alma!

—Adoro que me odies.

—Y yo amo odiarte.

—¿No es una fortuna que nos odiemos tanto?

88

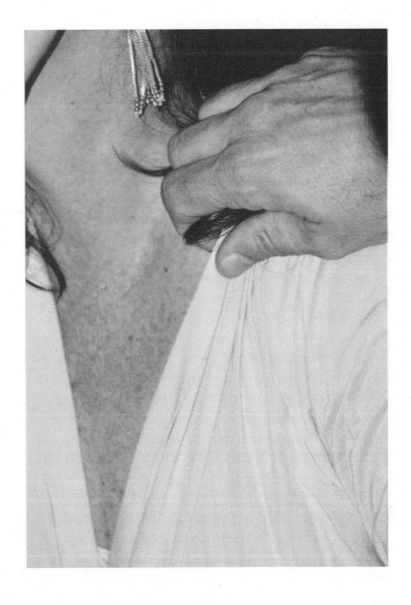

¿Qué hago metido en esta habitación? La cuatrocientos quince. Sí, recibí tu mensaje. Nada, te entiendo. Se te cruzó la vida. Tu esposo. Nada tonto. Tiene antenas de mujer. Sí, ya sé que te enojaría que le ponga género a las antenas. Pero créeme, las femeninas suelen tener más alcance. Y bueno. Aquí estoy con todos los lugares comunes de la fiesta del adulterio a mi alrededor: botella de champagne en la hielera, una peluca, las esposas. Cinco horas hurtadas de mi agenda familiar. Y una cogida espectacular, gloriosa, los orgasmos que no tendrás hoy conmigo (quizás disfrutes alguno de alcances domésticos con él, sí, doméstico, así lo prefiero pensar) posados como cuervos inertes sobre el alambrado del tedio. De la frustración. Ok, lo admito, estoy encabronado y celoso. Tus ojos no brillarán esta noche para mí. Ni tus risas ni las modulaciones de tu voz que tanta libertad me hacen sentir. ¿No será lo contrario? ¿Y si tus lamentos, pujidos, clamores y gritos de placer son en realidad mis verdugos? Estoy encerrado entre estas paredes con un televisor enfrente y sin ti. Mi ímpetu pulverizado en moléculas mentales, pensamientos intermitentes que no llegan a ningún sitio más que al desencanto. ¿Qué hago? ¿Pongo una película pornográfica y me masturbo? ¿Me emborracho? ¿Bajo al bar a ver si alguna aeromoza está sola? Sí, cómo no, en estos casos siempre hay aeromozas esperando. Capaz de que me ligo a dos. Te amo y te odio porque me amo y me odio. Voy a ordenar una hamburguesa gigante, con queso y tocino. Y me vale un carajo que ese hombre sea tu esposo. Eres mía. Tendrías que haber inventado lo que fuera para poder estar aquí. Soy un idiota.

90

Cuando Ella llegó al restaurante, su esposo estaba esperándola. Al verla, se le iluminó el rostro. Sonrió. Se levantó, como todo un caballero, para acercarle la silla. Le tomó la mano y le dijo que era un hombre con mucha suerte. Que después de tantos años todavía le daba una emoción infinita saber que comerían juntos, solos. Ella cerró los ojos y sonrió de manera triste. La culpa le había ensombrecido la mirada.

91

Ha pasado el tiempo y sienten mucho frío. Esa piel ajena ya no alcanza a cubrirlos.

93

En la mañana, Él y Ella se despidieron con prisa. Por la noche, Él no le hizo el amor a su esposa. Conversaron y cada uno se fue a la intimidad de sus habitaciones separadas. Ella también, de alguna manera, evitó un encuentro carnal con su marido. Ambos sabían que debían serse fieles, aunque sólo fuera en esa ocasión.

94

Él le dijo:

He pensado que nunca podré darte la vida que tienes, pero que sí puedo darte la que no tienes.

Ella sonrió, imaginándola.

95

—¿En dónde estás? —se preguntó Él, a solas.

También a solas se contestó:

—Ya sé dónde, en mi torrente sanguíneo, en el fuelleo de mis pulmones, en mi sentido del ritmo, en la estrella que guía mis sueños, en la clarividencia del aire, en las texturas del deseo, en la hojarasca del lenguaje, en la polifonía del silencio, en los derrumbes de la ansiedad, en los escalones del tiempo, en la silueta del devenir, en los surcos de la certidumbre, en el iris del calendario.

96

Quisiera que tuviéramos una casa donde aterrizar, donde guardar los paracaídas. Una casa con paredes grandes para colgar nuestros colores nuevos.

En la carta número 2,645 le escribió:

Perdona mi insistencia masiva y misiva, pero soy un adicto a tus palabras. Sin ellas, siento que no soy.

98

No busquemos respuestas. Sería muy arrogante tratar de describir el océano, simplemente bañémonos en sus aguas y permitamos que las olas sigan llegando llenas de lo nuestro.

100

Hoy es un día soleado y fresco en el que se facilita acomodar las cosas en su sitio, dice Ella.

Él contesta, mientras toca la guitarra:

Acomodemos, entonces, nuestra sed de vida en cada palmo de nuestra piel desnuda.

101

—¿Crees que por hacer tanto el amor estemos tan enamorados?

—No lo sé, quizás porque estamos enamorados es que hacemos tanto el amor.

—¿O será que el amor nos hace a nosotros?

103

Primero:
Acusaciones. Dolor. Lágrimas. Lastimaron y fueron lastimados. Remordimiento. Reclamaciones. Separaciones obligadas.

Después:
Llegó un periodo de calma en el que la culpa aparecía cada vez menos, hasta que lograron erradicarla.

Finalmente:
No se sabe si pasaron tres meses o cuatro años hasta que decidieron vivir juntos. Dejaron de temerle al peso de la vida doméstica. Él preparaba el desayuno. Ella tendía la cama. Sus ronquidos aprendieron a convivir durante las noches. Sus ojos comenzaron a verse con la intimidad de lo cotidiano.
Caminatas. Caricias. Armonía. Noches de orgasmos. Cantos. Libros. Fotos. Música. Una guitarra. Hojas en blanco. Otras tachoneadas, listas para reescribirse. Brindis de tinto. Algunos viajes, pocos; en cambio, muchos te amo. Magia. Planes a corto y largo plazo.
Sin embargo, muy en el fondo, ambos vivían con el temor de amanecer, un día cualquiera, desenamorados. Probablemente por esa razón, sin darse cuenta, hicieron un pacto.

Pasaron los años. Dicen, quienes los conocieron, que las mariposas nunca los abandonaron. ¡Y todavía hay quienes insisten en no creer en milagros!

104

Nos miramos, pero eso es sólo un decir. Porque tus ojos
y los míos, cuando se encuentran, reposan en un nido
de luz, en un borbotón de silencio. No tenemos que
hablar, y si lo hacemos, es para intercambiar hallazgos,
para acrecentar nuestra colección de sonidos, para estrenar vocablos, cuya cáscara nunca habíamos pelado,
y saborearlos.

105

En este momento, aunque estemos lejos, me llega el perfume de tus palabras recién salidas de tu piel. ¡Soy todo tan tuyo! En ti he encontrado a mi adolescente cómplice. A mi novia, fantasía, pitonisa, que me borra la edad con sus labios y me pone la primavera en el vientre, donde ya despuntaba el otoño.

106

107

Lo he pensado bien: no quiero ser un personaje secundario. Tengo afán de conquistarte. No deseo ser puente, sino destino, así que por favor reescribe, por completo, el último capítulo.

108

No tengo ninguna respuesta. Ninguna pregunta. Sólo una certidumbre nítida. Y un corazón al que no le cabe ninguna duda.

110

Fue nuestro primer viaje juntos: Nueva York, principios del verano. ¿Recuerdas?

Por el calor, traigo puesto un vestido ligero y vaporoso. Sandalias de tacón bajo. Tú, jeans y playera. Es de noche y hemos tomado dos o tres whiskys de más. Entonces, decidimos entrar a uno de esos lugares que me platicaste. Hay música, aunque el volumen no es exagerado. Humo. Está en penumbras. Cuando nuestras pupilas se acostumbran a la iluminación, sensual, recorremos el espacio con una copa en la mano. Hay de todo pero, en general, los asistentes son atractivos, bien vestidos y mejor desvestidos. Nos excitamos con lo que alcanzamos a ver y también con los sonidos que llegan desde alguna esquina. Conversamos y observamos: disfruto mucho el voyerismo, te confieso, pero el exhibicionismo no es lo mío.

Me besas la oreja, el cuello. Estoy completamente húmeda y quiero que me sientas. Deslizas tu mano entre mis muslos pero te detienes antes de llegar a mis bragas, mojadas. Una enorme erección es evidente, por más que tus jeans traten de taparla. Te doy la mano para que me sigas hacia un sillón de cuero rojo, que nos ha invitado. Ahí te siento. Te bajo los pantalones hasta los tobillos. Abres las piernas y comienzo a lamerte la parte interior de los muslos, de las rodillas hacia arriba. Una y otra vez. Cierras los ojos. Entreabres los labios; dentro de tu boca, tu lengua se mueve, inquieta. Disfrutas. Comienzo a besar tus güevos... qué delicia. Aprietas los puños. Me levanto un instante para mojar mis labios con tu saliva (¡qué seca tienes la boca!) y regreso a mi lugar. Ahora sí, recorro tu verga con mi lengua, le doy leves mordidas con mis labios húmedos, la beso de arriba a abajo, con calma, como si tuviéramos toda la vida para amarnos. En ese momento siento una mano en mi hombro derecho. Vuelvo la mirada y veo a una mujer guapísima y delicada. Muy delgada. De pechos apenas insinuados pero nalgas firmes y redondas; perfectas. Lleva el cabello, pelirrojo, suelto. Sólo viste ropa interior blanca, casi inocente. Le cedo mi lugar. Me alejo un poco para disfrutar el paisaje. Te la mama como toda una experta. Tú emites sonidos animales. No puedes más, estás a punto de venirte... por lo tanto, decido regresar. Me quito las bragas que, ya para este momento, están empapadas. Al agacharme, alcanzas a ver mis nalgas y el principio (¿o será el final?) de mi sexo, ése que tantas veces has besado. Me sonríes y tus ojos se iluminan. Ella entiende y se va sin decir nada. Con el vestido puesto, te monto pero lo hago muuuuuuuuuy lentamente. Por el momento, sólo tu glande disfruta del calor y la suavidad de mi vagina. Poco a poco, sin prisas, estás todo dentro de mí y quieres moverte, pero no te dejo. Desabotono mi vestido y comienzo a acariciarme. No tengo veinte años pero mis senos conservan firmeza. Mis pezones están erectos. Te excitas más todavía. Bufas una y otra vez. Comienzo a moverme, a veces con delicadeza y, enseguida, de manera salvaje y rápida. Lento otra vez. Rápido... y llega tu orgasmo, gigante, fuertísimo. Profundo, casi doloroso. Eros y Tánatos. Gritas tanto que varios ojos voyeristas se abren más de la cuenta, sorprendidos.

Nos abrazamos en un intento por fundirnos y extender el momento para siempre. Alguien nos trae otra copa. Brindamos. Tú todavía con los jeans en las rodillas y yo con mi vestido abierto. Salimos del lugar cuando está amaneciendo. Cansados. Felices. Enamorados. Llevas mis sandalias en la mano derecha. Con la izquierda me tomas de la cintura. Yo voy descalza de abajo y de arriba. Aprovechando la iluminación tenue y sensual, alguien robó mi ropa interior.

No pudimos encontrarla. No importa; me siento completamente libre mientras nos encaminamos hacia nuestro hotel: es hora de descansar un rato y tal vez, al despertar al mediodía, ¿por qué no?, tengamos otra vez ganas, muchas ganas de amarnos.

111

112

Estoy en plena celebración interna por haberte encontrado.

113

—¿Ya te estás aclimatando?
—Sin ti, me estoy aclimuriendo.

114

Su esposo le dijo que la masturbación es un horror y un desperdicio. Es la pérdida injustificable de quién sabe qué... no comprendió bien o no quiso entenderlo. Pero lo que sigue es citado. Le pidió que fuera a su estudio, al lado de la computadora para tomarle el dictado:

"El riego espermático equivale a las aguas mágicas que fertilizan la relación amorosa. La masturbación no solamente supone la ejecución de un pavoroso genocidio de sesenta millones de posibles seres humanos, sino que impide la germinación del más hermoso jardín de la vida, el amor. Es un desperdicio de energía, una derrama suicida de emociones no compartidas, que equivalen a la saciedad animal en la más espantosa soledad".

Él se masturba todas las noches y a Ella saberlo le encanta. Ella se masturba nada más de imaginarlo.

116

Sabes muy bien que te estás equivocando, que historias como ésta nunca tienen finales felices. Conoces el enorme peligro que corres. Los riesgos que te acechan. Podrías perderlo todo. Tu razón tiene razón pero decides no escucharla. Te lo ha dicho varias veces: amar es otra cosa, esto no es más que un enamoramiento pasajero, placer puro, reacción química, un golpe enorme de adrenalina. Tienes los síntomas: corazón acelerado, la excitación que se alterna con el miedo, un deseo físico insaciable, irrefrenable. Su ausencia te obsesiona. Su imagen ocupa toda tu mente y no le deja espacio a nada más. Es una pasión literalmente descontrolada. Sabes muy bien que no podrás dominarla y que, si quieres sobrevivir, debes darte la vuelta y correr hacia el lado contrario. Huir. Y, sin embargo, sigues caminando hacia Él porque tienes la estúpida ilusión de poder renacer en su piel y regresar a tu esencia.

117

Ella:
¿Sabes? Si escribiéramos esta novela, equivaldría a hacernos el harakiri.

Él:
No, más bien el harekrishna.

118

Llegará el momento en el que nuestros cónyuges acepten que lo nuestro es un hecho, como cuando un volcán genera una isla y no le queda al mar más que admitir que su oleaje rompe en playas nuevas.

119

Ella ve una película absurdamente cursi sobre un hombre y una mujer que, a pesar de amarse con locura, no pueden seguir juntos. Todo está en su contra. Ella, entonces, llora. No logra contener sus lágrimas; imposible. Después de un largo rato, suspira: finalmente ha entendido. Lo acepta.

120

Él está en la sala de espera del médico. Mientras llega su turno, lee en una revista:

"Enamorarse, lejos de ser una sagrada comunión de almas, es el efecto de un flujo de substancias químicas que crean una revolución interna y convierten lo racional en irracional. Ante todo, es un fenómeno biológico".

Enojado, arranca el artículo (ante la mirada de desaprobación de la recepcionista) y lo rompe en pedazos minúsculos. No quiere aceptarlo; siempre ha sido un soñador. Sin embargo, sin que Él lo note, en su torrente sanguíneo comienzan a agotarse sus reservas de dopamina, norepinefrina, fenilelitamina, serotonina y oxitocina.

121

Él y Ella se despertarán un día soleado, pero bastante frío. Se mirarán de almohada a almohada. Tratarán de sonreírse, como todas las mañanas. Querrán decirse algo. En ese momento se hará evidente que la magia ha acabado.

Se levantarán, cada uno por su lado, pensando en todo el dolor que, meses atrás, causaron.

En silencio, Ella entrará a la regadera. Él, reacio al baño, se mirará en el espejo y observará sus ojos apagados.

Saldrán de su casa un rato después, envejecidos cien años.

No se despedirán: no será necesario.

123

Estoy convencido de que somos el uno para el otro, a pesar de todas las complicaciones que tenemos desde el punto de vista práctico, lógico, coherente, sensato. Lo nuestro va por otra vertiente. Transcurre y se va engrosando conforme pasa. Haciéndose río, destino. Fluye en ese mundo maravilloso que hemos despertado. En estos párrafos desesperados y adúlteros. En ese futuro mágico, en ese tiempo nuevo que nos aguarda. Lo nuestro va por el camino de la intuición, de la seguridad infundada pero contundente, de la convicción total pero sin explicaciones. Lo nuestro, amor, es inexplicable.

Dice Hermann Hesse: "Todo el que nace tiene que romper un mundo". ¿Estamos por nacer?

124

Su marido le dice que en el vapor del club le pasaron un tip para tener amantes y no salir perdiendo. Para no tener problemas.

—¿Cuál es? —pregunta Ella, aparentemente desinteresada.

—No hacer el amor con la misma mujer más de veinte veces —responde.

—¿Veinte, no veintiuna o ventitrés?

—Veinte.

—¿Cómo si fuera una regla científica?

—Sí. Ya que llegas a veinte, comienzas a retirarte lentamente, con cualquier excusa, poco a poco, para no terminar involucrado.

—¡Ah! —dice Ella, suspirando—. Y ¿cómo se lleva la cuenta? —pregunta mientras, mentalmente, trata de contar las veces que se ha acostado con Él.

—Supongo que pones palomitas en tu agenda —ríe. Ríen ambos sin saber por qué.

Unos minutos después, Ella llega a una conclusión, también científica: no necesita llegar al número veinte, pues desde la primera vez se involucró hasta los huesos.

125

¿Y si esto sigue creciendo? Me cae que no te suelto.

126

Los dos lo dijeron al mismo tiempo, sin ponerse de acuerdo y después de un largo suspiro:

¡Ay, en qué amor nos fuimos a meter!

127

Amores adúlteros… el final

Cómo continuó todo

Los dos lo dijeron al mismo tiempo, sin ponerse de acuerdo y después de un largo suspiro:

¡Ay, en qué amor nos fuimos a meter!

Temperatura

Tú hiciste que el tiempo se mutara en temperatura. Que la temperatura se transformara en deseo. Que el deseo se convirtiera en futuro. Y que el futuro se tornara en un aquí y ahora sin remedio.

Domingo en la mañana

Estoy dividido. Deambulo por la casa como un hombre mitad encerrado y mitad liberado. Detrás de mi sonrisa hay un diálogo que continuamente cuestiona cada paso que doy, cada beso que omito, cada oportunidad en la que dejo de invertir en los planes con los que cimenté esta familia. Dos futuros se disputan el presente. El futuro al que aposté en el pasado y el futuro que me ofrece renacer. ¿Significa esto que mi futuro pasado ha muerto? ¿Por qué siento que necesito renacer? ¿Por ti, por mí, por nosotros?

Es fácil fingir que estoy compartiendo un domingo familiar. Preparé un desayuno divertido: mi esposa y mis niños lo disfrutan. Compenso las crecientes grietas en las paredes de mi matrimonio con momentos de calidad. Sí, he tenido el acierto de inventarle a mi cónyuge que debido a mis constantes ausencias (por culpa del trabajo, claro), el tiempo que pasemos juntos será más especial. Y aquí estoy, procurando mirar a los ojos de mis niños y mi mujer, hasta un parpadeo antes de advertir que tienen miedo, que saben desde lo más recóndito de sus pupilas que mi esencia se diluye, que mi alma tiene una fuga, que se me pinchó el amor y la sonrisa se desinfla.

Porque donde realmente estoy es en la sala de abordaje. Cada célula, cada poro, cada neurona y cada hormona que conforman el volumen y el espacio de mi escapismo piensan, presienten y preludian la manera en la que voy a abordar tu desnudez, la mudanza de mi piel a la tuya, mis dedos tentando su verdadero domicilio.

Tus muslos, y lo que los separa, unen a mi destino con el tuyo. Mis labios están hechos para murmurar el destiempo en tus pezones. Y mis manos para recoger tu voz que cae desde lo alto, desgajada, exprimida, con la conciencia hecha jirones. Y nosotros mojados en una ola nueva… porque sabemos adueñarnos del mar.

Domingo por la mañana

Estoy dividida. Y desesperada. Partida a la mitad. Dolida. No sé cómo ni en dónde acomodarme. Ya no pertenezco. He dejado de pensar.

Es domingo por la mañana y, como todos los domingos, mi marido e hijos esperan que me ponga cualquier cosa y me haga una coleta de caballo, para salir a desayunar al restaurante que está junto al lago. Bicicletas y patines aguardan en la camioneta. Cielo azul, aire limpio. Seguramente todos van a pedir lo de siempre: yo, chilaquiles verdes sin cebolla. Y entonces recuerdo los últimos chilaquiles que comí. Estábamos juntos, riéndonos, relamiéndonos con la mirada y con el recuerdo de nuestra reciente sesión amorosa.

Me hundo más en la almohada. Mamá, ¿te sientes mal?, pregunta mi hijo mayor. Dormí pésimo, respondo. Sus ojos no saben creerme. Perciben que algo se está deshaciendo. Quisiera… todos en casa quieren que siga conduciendo con certeza, tomando el volante de manera firme hacia el camino convenido, pero ya no puedo. Algo me dice que debo reinventarme, buscarme en otros lugares, reencontrar el sinsentido del amor que no pide explicaciones ni hace citas.

Pero es domingo por la mañana y me esperan con ojos de que nada es irremediable. Aparto las sábanas, sonrío. Agua fría en mi rostro, cepillo y pasta de dientes, tenis. Salgo hacia mi vida abandonada; deberé acostumbrarme otra vez.

Preguntas

—¿Sabes? —le pregunta Ella a Él, con una voz que es apenas un susurro.

—No, no lo sé —contesta Él, si no escuchándola, adivinando sus palabras. Ya llevan varios años juntos y conocen mucho más que sus gustos culinarios y la postura con la que más gozan. Entonces, mientras le acerca los labios al lóbulo de la oreja, tan cerca que la rozan, Ella le dice:

—Cada vez se pone peor porque cada vez se pone mejor.

—¿Cómo? —inquiere, sin querer realmente escuchar la respuesta.

—Hablo de nuestra situación: Cada vez está peor porque nuestra relación cada vez está mejor. El lío en el que nos hemos metido es irresoluble.

—¿Lo es? —le sonríe, desde el cinismo al que acostumbra recurrir cuando Ella se pone demasiado racional. Lo aprendió a fuerza, para no sufrir demasiado.

—Lo es.

—Te equivocas. Todas las historias tienen un final, ¿o no? Eso significa que, de una u otra manera, pronto sabremos cuál es la solución de nuestro gran dilema.

—¿Te estas burlando?

—No, amor, me estoy curando en salud. Te garantizo que, cuando terminemos esta novela, habrá un final. Un destino claro para nuestro "nosotros". Es un asunto de tener paciencia.

Crimen

Si ser amantes es un crimen, ¿nos encontramos ante el cuerpo del delito, o ante el cuerpo del delcite?

Aquí te espero

Ella mira, a través del espacio de la sala, los acordes translúcidos del piano reverberar como las ondas en el agua. Un cisne debilitado yace a la orilla de un lago acomodándose en su último instante de gracia. El violonchelo fluye desde las bocinas, indicándole a la luz que la belleza es finita. Ella se ovilla sobre el sofá, llora un silencio tenue. Al momento en el que la criatura pintada con música se desdibuja del aire, un óvulo de Ella desciende.

Lejos de ahí, se manifiesta una necesidad repentina: Él necesita estar al lado de Ella; propagarse, darle un hijo. Y van llegando. En grupos decididos a lograrlo. Tumultuosos y dispuestos, llegan. Preparados, llegan. Entusiastas y optimistas, llegan. Vitales y pobladores, llegan. Peregrinos. Pioneros. Conquistadores. Entrenados para llegar, llegan. A pesar de la distancia, las condiciones adversas y los anhelos inversos, millones de gametos acuden al llamado y se congregan en multitud solidaria... en manifestación solitaria. Él imagina, añora y ambiciona con tan ansioso acierto que la abarca. La embarca. La proclama. La corona.

Escurren las lágrimas de Ella en el destierro de su casa. En la cama de Él, la concurrida soledad traza su firma. Más tarde, Él le escribe a Ella esta canción:

> Aquí te espero
> Te espero siempre

Aquí me quedo
Hasta que llegues
Pasa la gente arrastrando la ciudad
Pasa la muerte con su manera de andar
Flotan las nubes como la espuma en el mar
Y mientras llegas pasa lo que ha de pasar…
Basta un recuerdo para poderte sentir
Basta un latido para poder revivir
Como una piedra
Dentro del mar
Toda una vida
Entre la arena te voy a esperar
Aquí te espero
Te espero siempre…

Llamada telefónica

Suena el teléfono. Ella contesta, despreocupada. No esperaba escucharlo.

Él: Necesito verte.

Ella: ¿Por qué?

Él: Porque me es imperativo recorrer tu hidrografía, documentar en mis labios el cauce y la profundidad de cada uno de tus ríos. Saber en qué alturas comienza tu pluvialidad y entender con el alma hacia qué mares desembocas.

Ella: Y yo necesito escucharte.

Él: ¿Por qué?

Ella: Porque no puedo vivir sin tu voz y mi voz no vive sin ti.

Él: Pues me estás escuchando ahora.

Ella: Para escucharte de verdad, me es imprescindible ver de qué manera se mueven tus labios.

Llamada telefónica

Suena el teléfono. Él contesta despreocupado. No esperaba escucharla:

Ella: Me urges.

Él: Tú siempre me urgiste, pero no lo sabía hasta que te encontré.

Ella: ¿Quién encontró a quién?

Él: Tal vez fue el destino, nuestro karma, una broma pesada de alguien con humor negro. ¿Acaso importa? Importa que me has ayudado a recuperar mi alma. Eres una niña con sabor a promesa en los labios. Tienes una edad diferente en cada parpadeo. ¿Lo habías notado?

Ella: Antes de ti no notaba nada. Me fascina verme con tu mirada. Me gusto más desde que existes a mi lado.

Él: ¿Te sigo urgiendo?

Ella: Sí.

Él: ¡Claro! Llevamos más de una semana sin estar juntos. Se me va a caer la mano de tanto buscarte.

Ella: Y a mí se me acaban las pilas doble A de tanto fantasearte.

Él: ¿Sabes que a pesar del paso del tiempo, del uso de loción y del jabón, aún puedo olerte en mis dedos?

Ella: Me preocupa; eso significa que nuestros jabones no funcionan. Dime, ¿cuándo nos podremos ver?

Él: Mañana. Hoy tengo reunión en la oficina y voy a salir muy tarde.

Ella: Escápate un rato. Estoy atrapada. Necesito una salida, tu saliva, una saliva de emergencia...

Mensaje (a la hora de la comida)

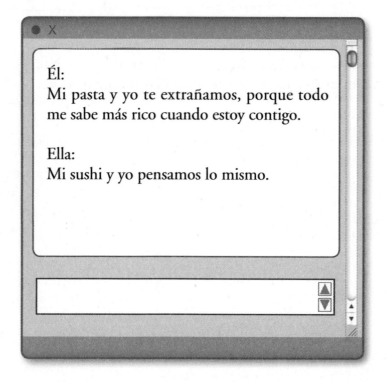

Él:
Mi pasta y yo te extrañamos, porque todo me sabe más rico cuando estoy contigo.

Ella:
Mi sushi y yo pensamos lo mismo.

Felinos

Salen del hotel, cada uno por su lado y con varios minutos de diferencia. Pero ambos tienen una sonrisa tan sincera, de gato que se acaba de comer a un ratón, que no hay manera de engañarnos.

Comprobante

—Compruébame que mi piel es tuya —le dice Ella con una mirada tierna y, a su vez, desafiante.

Él la mira fijamente a los ojos mientras le desabotona despacio la blusa. Con un movimiento de índice y pulgar, suelta el seguro del brasier. Calmado, la despoja de sus prendas superiores. Pasa la palma izquierda por la base de sus pechos desnudos. Sus yemas recorren la temperatura íntima, expuesta a la luz del atardecer. Acerca poco a poco su rostro, descendiendo hasta quedar a una palabra de distancia... el vaho de su respiración provoca una reacción en cadena; el pezón se ensancha, se yergue, las aristas de sus poros florecen, Ella libera un lamento, niega con la cabeza, Él entreabre sus labios y los apoya apenas sobre la turgencia rosada. Con suavidad atrapa, entre lengua y dientes, esa teta que despunta hasta casi salirse de su forma. Lame, succiona, lengüetea en círculos despaciosos, con espesura, mordisquea de pronto, sujetando los hombros femeninos que se estremecen... y en el espacio de un beso ajustado, como ajustado se baila el danzón, le comprueba que su piel, desde las puntas de los dedos hasta planicies, montes y hondonadas, es completamente de Él.

Trémula, con los ojos en blanco, un profundo y azorado "te odio" seguido por las notas más agudas de su voz, Ella cae hacia un abismo de sí misma, se pulveriza en intermitencias, se pierde. Y pierde.

Cosas

Ella: Necesitamos regalarnos una tarde para acomodar las cosas en su sitio.

Él: Y sobre todo para acomodar los sitios en su cosa.

Te doy mi tarjeta

Se me da lo de los clamores, el ululato, los gimoteos, los aullidos, súplicas, ya no, así-así-así, ahí merito, más, toda, santo dios, mierda, duro, no puedo creerlo, me vas a matar, esto es un pecado, te lo ruego, ahí viene, los chillidos sumisos, los pujidos furiosos, los nunca me había sentido así con nadie, las yugulares saltadas, los semblantes convulsos, los espasmos, los nomás la puntita, los te juro que te amo, las miradas enjuagadas, los labios bulbosos, el salpicar al dios tiempo, el morbo encumbrado, la comunión de los flujos, los vientres besuqueados, los palacios ingrávidos, los escalones líquidos, en fin, la voracidad cósmica de los genitales.

Esta es mi tarjeta, te la dejo por si llegaras a requerir mis servicios… la neta, me encanta mi chamba.

ORGASMO

Satisfacción garantizada
o te devuelvo tu deseo

La ruleta rosa

Ella le pide a Él que descienda un escalón a la salida de un concurrido restaurante cercano a la firma de arquitectos de su esposo. Frente a frente, sus estaturas se igualan.

—Vamos a jugar un juego muy peligroso, amor.

—Aquí nos puede ver alguien que conozca a tu marido. De hecho, tal vez hasta ya nos vieron. No entiendo por qué elegiste este lugar y, además, no hemos sido muy discretos que digamos.

—No me importa. Esto es como jugar a la ruleta rusa, pero en lugar de balas, lo que nos puede matar es un beso. Llamémosle la ruleta rosa.

Y ahí, en medio de la concurrencia, entre peatones y oficinistas, se besan… y lo único que existe son sus labios.

Perdida

Esa noche se dio cuenta que estaba perdida: al acostarse con su marido, sintió que le estaba siendo infiel a su amante.

Terremoto

Siempre me dejas temblando...

Destiempo

Llevan ya cinco años juntos, pero separados. Alejados a fuerza. Viéndose a deshoras, en deslugares, en citas que no lo son. La aventura de lo prohibido se ha convertido en una imposibilidad que daña, destruye. Extrañan la vida cotidiana que nunca han tenido. Es lógico, entonces, que comiencen los desencuentros.

¿Qué nos espera —se preguntan—, un destino o un desatino?

Mensaje

Él:
Me vas a volver loco. Me pasas del congelador al horno y viceversa. Ya cómeme, ¿no?

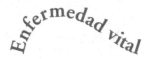

Enfermedad vital

Te quiero tanto, tan de verdad, tan profundamente, que no sé cómo manejarlo. Tal vez por eso parece que mi ánimo anda en la montaña rusa. Sube y baja y luego vuelve a subir. Me asusto en las curvas. Trato de salir del juego y después me doy cuenta de que no puedo ni quiero bajarme del amor en el que me he metido. Te extraño todo el tiempo. No puedo pensar más que en ti ni hacer nada más que leerte o escribirte. Reviso mis correos cada cinco minutos y me tiro frente a la tele a ver películas románticas. Sólo de imaginar que te pierdo se me bajan las defensas y me atacan todo tipo de virus. Estoy enferma de amor por ti. ¿Será una enfermedad mortal o vital?

Te quiero por tu inteligencia lúdica y tu genialidad creativa. Contigo, me siento protegida. Desarmas mis miedos y desestructuras mis neurosis. Adoro tu mirada brillante y tierna. La manera en la que te comprometes con todo. Me encanta cómo disfrutas los placeres de la mesa y la cama. Me sorprende y me inquieta tu forma de entregarte. Tus palabras me llenan de certezas. Tenemos la misma mirada y pesamos la realidad en balanzas similares. Te quiero porque, contigo, soy completamente yo.

Perdón, mil perdones por haberte complicado tus días todavía más con mis dramas y exigencias. Como si no

tuvieras suficiente con todas las broncas de tu chamba.
Lo que pasa es que te amo. Demasiado.

Hazte a un lado

¿Así? ¿Arrinconado? ¿Me
quito para que pasc la vida
y no me detecte? ¿Para que
desfilen las horas y no esté
yo ahí? ¿Me desaparezco,
me encojo, me doblo, me
guardo, me archivo, me tiro
al agua como alka seltzer y
efervesco? ¿Me borro del
mapa, del semen que escu-
rre de tus labios, de todas las
puntas de ti, de las súbitas
hazañas que, jugándonos la
vida, nos atrevemos a vivir?
¿De veras quieres que me
mueva de aquí? *Move over?*
¿Te cae? ¿Te gusto más así,
como si fuera bisagra y no
puerta? ¿Como gotera que
no moja? ¿Como pordiose-
ro que no se anima a pedir?
¿Como palabra que no ca-
be? ¿Como bocado que
no sabe? ¿Como grito que no
se oye? ¿Como fantasma
que no se manifiesta? ¿Como árbol sin ramas? ¿Me

hago a un lado? ¿Para que
pase quién? ¿Tú? ¿Rodrigo?
¿Regina? ¿Tu tacto? ¿Tu
amor? ¿Tu vagina? ¿Eres tú,
diablo, ausencia de dios,
destino, destrono, destram-
pe, derrumbe, calambre,
costumbre, quien solicita
que de aquí me largue y que
me tumbe?

Matrimonio

Tuve una discusión de una hora con mi marido. Ahora las cosas ya están tranquilas pero... ¡qué difícil es el pinche matrimonio! Por eso ya me URGE casarme contigo.

Mensaje

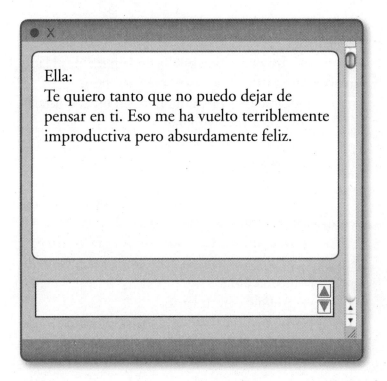

Ella:
Te quiero tanto que no puedo dejar de pensar en ti. Eso me ha vuelto terriblemente improductiva pero absurdamente feliz.

Lapsus

Le llama su marido a media mañana. Dice:

—¿Adivina quién estaba en la mesa de al lado, en el restaurante donde desayuné hace rato?

—¿Quién? —pregunta Ella, sin mucho interés.

—Nunca vas a adivinar.

—Pues entonces ya dime.

—Fernando.

—¿Qué Fernando?

—Tu exmarido. Y no dejó de observarme detenidamente. Llegó a ser incómodo.

—¿En serio? Qué coincidencia —dice, y agrega—: Mis dos exesposos reunidos en el mismo lugar y a la misma hora.

—¡Ándale con tu lapsus!

—Ay, perdón. Dije exesposos, ¿verdad? —ríe.

—Sí. En plural y, que yo sepa, sigues casada conmigo. Híjole, reinita, salieron a flote tu inconsciente y tus más negros deseos, ¿eh?

Distancia

Estábamos en un bar, en el primer bar al que fuimos juntos hace ya más de cinco años. Llegaste cargando varias horas extras de trabajo y el cansancio acumulado de semanas enteras, porque es raro que duermas bien, a menos que tomes una de las pastillas que te he regalado. Un pianista, de ésos que no saben que no saben tocar el piano, amenizaba el ambiente sin ganas.

Vestías una playera roja y unos pantalones tipo safari en África. Me gusta tu modo de arreglarte, desenfadado. Sin compromisos con nadie. Empezaste a contarme los problemas que tienes con tu esposa. Las batallas cotidianas que los han desgastado. El desencanto que se instala sin cita previa y que se cuela no sólo en la casa familiar, sino hasta en el olor de la ropa recién lavada. Sobre todo las discusiones por tus hijos, el estire y afloje sobre el tema de su educación. La continua tensión a la que han llegado a acostumbrarse. La tristeza por lo perdido: antes había complicidad, risas, buen sexo. Los seres humanos cambiamos constantemente. Imposible la estática entre los de nuestra raza, para bien o para mal, así que más vale que nos hagamos a la idea.

Después, llegaron las anécdotas de tu infancia. Bueno, hubo una breve pausa para disfrutar algo de botana y brindar con un par de martinis. Con el estómago medio lleno, escuché sobre la difícil relación con tu padre, las indiscreciones de tu madre que te metían, una y otra vez, en líos terribles. Narrado con esa chispa y esa naturalidad con que cuentas *todo*. Sin reclamos ni amarguras. Hasta con sentido del humor y risas espontáneas. Qué rico poder contarnos *todo*. Desde los sinsabores de la infancia hasta nuestras fantasías sexuales más oscuras, sin ser juzgados.

De pronto, estiraste los brazos hacia atrás y vi una peca nueva en tu brazo, cerca de la axila. Una peca normal, igualita a todas. Probablemente ni siquiera era nueva, simplemente no la había observado. Contrastaba, como las demás, con tu piel blanca. Y esa pequeña mancha, aparentemente inocua, me regresó, de tajo, a tu ser completo. A tu cabello con algunas canas, tu forma de moverte, tus lentes, los gestos. Comencé a sentirte lejano, ajeno. Un rechazo me llegó desde el estómago, de forma completamente animal. De pronto, te desconocí. Inventé que me urgía ir al baño. Me levanté de manera atropellada. Tuve náuseas, muy ligeras y breves, pero las vi como un aviso. Un letrero que te advierte de algún peligro.

Mojé mi rostro con un poco de agua fresca. ¿Qué estoy haciendo aquí, con este hombre que no es mi marido?, me pregunté, observándome en el espejo. Todo nos separa. No tenemos una verdadera historia juntos.

No hay años de lucha, de esfuerzo, de trabajo diario para mantener la relación. No tenemos miles de fotos compartidas, una casa en común, gastos ni deudas. Hijos de los cuales sentirnos orgullosos. Navidades, semanasantas ni vacaciones de verano planeadas con anticipación. Los aromas en común, las miradas de complicidad añeja. El placer de lo cotidiano nos ha sido vedado.

Regresé al bar. Seguías con tu sonrisa ligera. Tus ojos que antes me hacían volver a mi verdadero yo. ¿Te pasa algo?, me preguntaste, poniendo tu mano sobre la mía. No reconocí el tacto de tu piel ni sentí el temblor que hasta hace muy poco experimentaba con tu cercanía. Sólo me duele el estómago… mucho, respondí, a años luz de distancia.

Costumbre

Hay cosas de Él a las que no logro acostumbrarme. Supongo que es normal. No hay pareja que embone a la perfección. ¿O sí?

De entrada, su distracción me saca de balance. Siempre está en donde no debe estar, flotando quién sabe en qué galaxia, olvidando citas, fechas, horarios. Con una agenda en la que escribe sus compromisos con espuma. Y de verdad me es imposible dejar de compararlo con Rodrigo. Como arquitecto, tiene la combinación ideal entre creatividad y exactitud. Todo, en mi esposo, es equilibrio. Su manera de vestir es perfecta: lo adecuado para cada ocasión. La elegancia estrictamente necesaria. Hasta sus fachas son mesuradas. Pero Él no sabe combinarse. Casi siempre usa camisetas de adolescente, sacos que llevan años sin ir a la tintorería y jeans demasiado flojos.

Otro ejemplo: mi marido ni siquiera lo piensa, pero Él sería capaz de tatuarse algo, aunque sea minúsculo, en un brazo.

Rodrigo es detallista. Imposible que se le olvide un cumpleaños, nuestro aniversario. Cien rosas rojas cada vez que quiere sorprenderme, aunque no haya nada para celebrar. Una joya discreta, pero fina, como regalo cuando salimos de viaje. En cambio, Él difícilmente me obsequia algo. Y no es que me gusten las cosas caras ni que pertenezca al círculo de las mujeres interesadas o exigentes. Es que a veces me quedo con las ganas de tener un objeto que me recuerde que existe y que le importo. Un libro, al menos. Una flor.

Él camina delante de mí, sin esperarme. A veces se vuelve y me tiende la mano, para que lo alcance, pero en general ni siquiera se da cuenta. Exactamente el tipo de actitud que Rodrigo critica cuando ve que un hombre deja a su mujer atrás. Mi esposo es tan clásicamente caballeroso, tan delicado, que me rinde homenaje con cada actitud, con cada gesto.

No lo sé, probablemente estoy equivocada, pero a veces me pregunto si podría disfrutar mi vida cotidiana, la de cada día, la de cada hora, al lado de Él. Me doy cuenta de que estoy tan acostumbrada y tan hecha a la manera, a las formas de Rodrigo, que no sé si lograría acostumbrarme a otra pareja. Y me duele reconocerlo. Me duele, incluso, cuestionármelo. Pero no estoy ciega.

La promesa

No es fácil narrar lo que pasó ese día. Ella despertó sintiéndose terriblemente abrumada. Llevó a sus hijos a la escuela y regresó a dormitar un rato. Quería llorar y ni siquiera sabía la razón de las lágrimas que ya se asomaban. Se dijo: Esto no puede continuar así. Lo repitió en voz alta y bastó escucharse para tomar esa decisión apresurada. Jamás recurriremos a ningún truco ni manipulación. Siempre nos diremos la verdad, se habían prometido. Ella rompió la promesa. Todavía no sabe qué la llevó a engañarlo de esa manera.

Escribió un breve correo que decía: Mi marido está sospechando. Me tiene vigilada. No puedo arriesgarme. Tengo miedo. No me llames, no me busques por teléfono ni por internet hasta que yo haga contacto contigo. Lo siento.

Sin pensarlo demasiado, de hecho, sin pensarlo en absoluto, apretó el *Send* y volvió a decirse, en voz alta, que había tomado la decisión correcta. Lo creyó como si fuera un dictado de su destino y supo que no habría lugar para el arrepentimiento.

A Él, que estaba del otro lado del mundo, en uno de sus viajes de trabajo, la bala electrónica le llegó con tal precisión, que decidió volar de regreso.

Busco

Consulto diariamente tu horóscopo y el mío. Me gasto una cantidad de dinero absurda con las rumanas que leen la fortuna. Busco mi suerte en el I Ching, descubro mi porvenir en el café turco. Te busco en las conversaciones de los bares. Y en esta ciudad extraña en la que me encuentro, subido en un taxi, también te busco. Ese mensaje que me has enviado me ha convertido en esponja... absorbo tu recuerdo y todo aquello que en el aire llega de ti. Sí, vives en el viento cuando no estás en mi piel. Y buscarte es mi única forma de extender mis manos y tocarte.

—¿Le puedo hacer una pregunta? —le digo al taxista.
—Usted dirá.
—¿Qué haría para que una mujer de la que está enamorado se volviera a enamorar de usted?
—Seguramente es casada, ¿o me equivoco?
—Lo es.
—Pues no me enamoraría de una casada.
—Supongamos que lo hiciera.
—Tendría paciencia. Con una mujer ajena no se tiene ningún derecho. Lo único que se puede tener es paciencia.
—Eso es justamente lo que no tengo.
—Pues le recomiendo que cambie de idea o que cambie de mujer.

—No creo que pueda.

—Si me permite mi humilde opinión, yo creo que la cosa es muy sencilla.

—¿Ah, sí?

—¿Qué es lo que más le da miedo de ella?

—Que me deje.

—Esa sería la consecuencia, el final. Pero qué es a lo que más le teme, o por qué cree usted que ella podría dejarlo.

—Porque es muy influenciable. Muy inteligente, pero cualquiera la puede hacer cambiar de parecer. Siento que por más que le demuestre todo lo que la amo, algún amigo o amiga le dicen algo y la ponen a dudar. Si fuera un velero, le moverían las velas y le cambiarían el rumbo. Eso me da miedo.

—¿No será que ella es la que disfruta o prefiere cambiar de parecer? Hay personas que ven la vida como si fuera una charola. A la mejor le gusta el sabor cambiante de las opciones.

—Precisamente es lo que me aterra.

—¿Y el marido no le da miedo?

—No. Me dan miedo las personas a las que les ha contado lo nuestro. Es tan, pero tan fácil de influenciar, de seducir... igual alguien le dice algo lindo, o le invitan un par de tragos y...

—¿Y no ha pensado que quizás por eso se enamoró de usted? ¿Porque le gusta que la inviten a cambiar de corazón?

No me doy cuenta de que respondo con un silencio largo y espeso. Miro a las mujeres hermosas salir de los restaurantes y los bares. Parejas de enamorados caminando libremente, por las calles de la ciudad. Llegamos a mi destino.

—¿Cuánto le debo?
—Nada, señor.
—¿Cómo que nada?
—Sepa usted que soy un hombre casado. Mi esposa tuvo un amante y no sabe cuánto daño me hizo. Le recomiendo que le tema un poco más al marido. No me debe nada… pero debería cobrarle todo. Buenas noches.

El pacto

A algunas palabras las impulsa la veracidad; a otras, la velocidad. Eso sintió Él cuando leyó el mensaje de Ella. Percibió que su carta electrónica era más apresurada que verdadera. Más huída que despedida. Le cayó la toalla en la cara, la que Ella tiró... y le ardió como una bofetada. Mejor dicho, lo humilló. Lo hizo sentirse caricatura de sí mismo. De pronto se dio asco. Ella había sido poseída no por su sano juicio, sino por alguien. Y eso es lo que se le clavó a Él hasta el tuétano. Saber que otro, sí, el marido, la había hecho cambiar de ritmo, de rumbo, de corazón. Saberse traicionado. Y es que hay evidencias, diseminadas entre líneas, que se perciben con la inteligencia de la carne, de la yugular, de los pulmones, de las palmas... Todo estaba dicho. Intentó conciliar el sueño con la ayuda de un ansiolítico y un whisky en las rocas. Pero lo único que logró fue naufragar ovillado sobre la cama, alejándose de sí mismo. Acortó su viaje de negocios. Antes de que amaneciera, ya estaba subido en un avión de regreso.

—Qué estúpido he sido —se dijo mil veces. Y pensó cómo reconquistar a su esposa, cómo decirle, con una mirada, que jamás la volvería a dejar afuera. El pacto de envejecer con Regina hasta que la vida se les fuera de las manos, no sólo estaba renovado, sino que lo emocionaba como a quien descubre la religión, como a quien lo iluminan las radiaciones de un llamado superior.

Al aterrizar y encender su teléfono para llamar a su esposa y sorprenderla con la noticia de su llegada antes de tiempo, advierte que hay un mensaje escrito. Mientras los pasajeros se incorporan y sacan su equipaje de las compuertas, Él lee:

"Perdóname, amor. Te lo suplico. Te lastimé y merezco lo peor. Pero no puedo vivir sin ti".

Corre tan rápido hacia la salida, en busca de un taxi, que su maleta, con todo y el pacto, se queda girando en la banda sin que nadie la recoja.

El teléfono

—¿Quién es? —pregunta su hija.

—¿Quién es quién?

—La mujer con la que acabas de hablar por teléfono.

—Una amiga. ¿Por?

—Porque te pones feliz cada vez que hablas con ella.

—¿Y cómo sabes cuándo hablo con Ella?

—¡Pues por tu sonrisa! ¿No te estoy diciendo que te pones demasiado feliz? Hasta mamá se da cuenta...

Precio

¡Cómo quisiera que existiera un mundo en el que vivir las fantasías no costara una fortuna!

Fotografías

Es sábado por la mañana. Mi esposo se fue temprano a supervisar una de sus construcciones, por lo que a mí me toca llevar a Alfredo a su entrenamiento de fútbol. Julio se aburre como ostra (en general, odia los deportes) pero no quiero dejarlo en casa solo, así que trae alguno de sus juegos electrónicos. Mientras mi hijo mayor corre alrededor de la cancha, para calentarse, el menor trata de encender su Nintendo. Nada. No tiene pilas. Olvidó cargarlo. Te lo dije, estoy a punto de reclamarle, pero la prudencia me obliga a mantener la boca cerrada.

      —Mamá, ¿me prestas tu cel para bajar un juego? —pide.
      —Okey —cedo muy rápido. Pero enseguida cambio de opinión—. ¿Y si mejor vemos fotos?
      —¡Va! —cede muy rápido.

El pequeño maneja el teléfono con mucho más destreza y rapidez que yo, así que en un segundo ya estamos observando las más de 1580 fotos almacenadas. Vemos una tras otra, las comentamos, nos reímos. Julito se burla de mis gestos, de las poses de su papá. Casi me muero cuando me dice: ¿Cómo es posible que, a tu edad, todavía te atrevas a ponerte bikini?

Recordamos viajes, partidos, playas, eventos escolares, reuniones familiares, el nacimiento de su prima. Hasta el regaño del día que rasuraron a Tobías y el pobre perro quedó como mordido por un burro, para ya no hablar de la cantidad de pelo invadiendo alfombra y sillones.

—Nos pusiste a limpiarlos con la aspiradora y la descompusimos, ¿te acuerdas?
—¿Cómo se me va a olvidar? —contesto, dándole un beso en la mejilla. Adoro esa piel tan tersa y el olor de su cabello.

De pronto, me doy cuenta de que Él está, sin estar, en muchas de esas fotografías. En la mayoría de ellas, de hecho. Su presencia, su aroma, sus palabras, su ausencia... todo plasmado en cada imagen. Esta foto, la de Alfredo y sus compañeros cargando el trofeo en la final del campeonato pasado, se la envié por correo, orgullosa. Y desde la palapa que sale en esta otra foto, le llamé por teléfono mientras mi esposo y mis hijos nadaban en el mar, porque lo extrañaba demasiado. Recuerdo que me contestó con monosílabos pues estaba frente a su esposa, y yo me puse tontamente celosa. Mi sobrina, que aquí sale todavía hinchada y muy roja, nació un jueves y, para no perder nuestra cita semanal, Él y yo tuvimos que vernos, a escondidas, en el estacionamiento del hospital. Me esperó dentro de su coche, en el sótano 3, y nos besamos como dos adolescentes desesperados, con un ojo vigilante por si alguien se acercaba. Rejuvenecí cien años y, cuando regresé a la habitación de mi cuñada, no podía ocultar mi sonrisa feliz y culpable. ¿Y qué decir de la naturaleza muerta? La fotografía que sacamos de los restos del picnic en la habitación de un hotel: Él llevó todo: carnes frías, quesos, una botella de vino y uvas. Olvidé el pan, dijo, disculpándose, mientras sacaba el típico mantel de cuadros blancos y rojos, y lo colocaba sobre la alfombra. Nunca hemos ido de día de campo juntos ni hemos hecho el amor sobre el césped, le dije un día. Mañana mismo lo solucionamos, me respondió. Para que no faltara el pasto, llevó un poco, recién cortado, en una bolsa de plástico. ¡Cómo me hizo reír! Tiene la magia de cumplir mis sueños y desarmar mis miedos.

Julio desliza su dedo índice por la pequeña pantalla una y otra vez. Cada imagen me lleva a una sonrisa distinta. Me recuerda todo el tiempo que Él y yo hemos pasado juntos, los obstáculos superados, las vidas compartidas aun a la distancia, la complicidad tierna y profunda. Su presencia, en todas estas fotografías en las que no sale retratado, es tan fuerte, que no puedo evitar una breve lágrima de melancolía y agradecimiento.

—Ay, mamá. ¿No me digas que estás llorando? —pregunta Julio, burlón.

—Es por la emoción, sapito —le digo. Y es cierto. Por más cursi que suene, he tenido una vida maravillosa.

Un accidente

Me llama mi mejor amiga. Está en Tlaxcala. También está en shock. Por favor ven, me dice. No voy a poder manejar esto sola. ¡La infidelidad es una chingadera! ¿Qué te hizo Gonzalo?, pregunto. Nada, esta vez Gonzalo no me hizo nada. Es mi padre; tuvo un accidente en la carretera y está grave, pero ese no es el problema.

Por fin encuentro la calle de Allende y, enseguida, localizo la Clínica Santo Toribio, un pequeño hospital especializado en urgencias. Entro a la sala de espera y parece una estación del metro en hora pico. Isabella no está por ningún lado. Perdón, digo casi gritando. Algunos vuelven la mirada. ¿Hay aquí algún pariente del señor Heredia? Unas veinte personas, sobre todo mujeres, dicen "yo" o levantan la mano. En ese momento entra mi amiga y, tomándome del brazo, me dirige hacia la salida. Afuera hace un viento helado que me obliga a frotar mis manos para calentarlas.

—¿Cómo sigue tu papá?
—Estable, desafortunadamente.
—¿Cómo puedes… —digo, realmente indignada.
—¡Porque es un cabrón de primera! ¿Viste el desmadre que se ha organizado en la sala de espera?
—Sí… —contesto, sin entender bien a bien de qué se trata.

—Pues la mitad de las que están ahí son sus esposas y, el resto, sus hijos.

—¿Esposas, en plural? ¿No eras hija única? —no me atrevo a digerir lo que escucho.

—Eso creía, hasta ayer.

—¿Y tu mamá?

—Le pedí que no viniera. No quiero que vea este circo… aunque realmente no le sorprendió escuchar la noticia. Tu padre siempre viajó mucho, siempre fue muy guapo, guapísimo, y siempre fue elegante y coqueto. Cuando recupere la conciencia, mándale un beso, me dijo antes de colgar.

—¿Así nada más?

—Así nada más. Y yo sin saber qué hacer con tantas…. esposas. ¡Carajo!

—¿Cuántas?

—Ocho. Con todas se casó por la iglesia y a todas les puso un negocio, un estanquillo, para mantenerse y no tener que estarles pasando quincena —dice, resignada—. Y lo peor es que ninguna se ha ido, furiosa. Todas quieren cuidarlo y no han parado de discutir.

—¿Cuál es la mera, mera? Digamos, la primera —cada vez tengo más frío.

—La única que no está aquí: mi madre.

—Entonces la solución no es difícil. Ven, vamos en mi coche a una papelería cercana. En el camino te explico —es hora de desmitificar al adulterio y ser prácticas, pienso.

Una hora después, con ayuda de un rotafolios y plumones gruesos de distintos colores, la sala de espera ha recuperado su silencio acostumbrado. Las enfermeras sonríen, aliviadas. Varias personas se han ido. Las que quedan, toman café y leen alguna revista. Se pusieron de acuerdo sin mayores problemas. Todas pedían lo mismo: equilibrio, justicia, que ninguna estuviera más tiempo que las demás. Con letra de molde y caracteres suficientemente grandes, Isabella escribió las fechas, los horarios y el nombre de cada una de las esposas. A Irma, por ejemplo, le tocó cuidarlo los lunes de 8 a 12. A Lola, de 12 a 3. Elda pidió los jueves por las tardes. Es mi único día libre, explicó. Karla, sí con k, se decidió por los sábados. Unos breves ajustes al final y a pasar la enorme hoja en limpio. Los roles quedaron coordinados y claros. Se dieron sus respectivos teléfonos, en caso de que algo se les atorara. Se despidieron de mano y algunas, hasta de beso. Dos de ellas resultaron vecinas cercanas.

Mi papá es un hijo de la chingada con buen gusto, me confesó Isabella, todas son un encanto.

¿Ético?

Las pasiones no responden a la razón ni dan explicaciones, dicen los que saben. ¿Entonces es correcto y
natural que el día que me vaya de mi casa, me aleje
sin decir nada?

Nostalgia

A Él y a Ella les gustaría que las cosas continuaran como cuando empezaron, con un deseo leve y tembloroso. Algo pasajero. Pero ahora están involucrados hasta la médula, incluyendo cada una de las letras del abecedario y todos sus sueños. Cuando están juntos, la pasión los consume y les abre todas sus puertas. Cuando se separan, el desencanto los abruma y el vacío los golpea con la fuerza de una lágrima discreta. Han perdido el control, si es que alguna vez lo tuvieron. No hay para dónde hacerse: de igual manera los atropella la alegría y la tristeza. Es un doble juego del que —todos lo afirman— no hay escape certero.

La infelicidad de los demás les pesa. Se saben responsables. Las constantes necesidades del marido, la fragilidad de la esposa. El mundo infantil que no quiere cambios bruscos; esas miradas inocentes que siguen creyendo en el amor eterno.

Qué difícil mantener la calma, aferrarse a la cordura, controlar la llama, seguir navegando en dos mares tan distintos…

Siesta

Ella lo mira dormir. De perfil. Pasa el dedo índice por su nariz y labios. Más que acariciarlo, traza sus rasgos nuevamente para que sólo sean de Ella. Él comienza a roncar con una especie de silbido muy leve. Ella levanta la sábana que lo cubre y observa su pecho; sus tetillas que descansan. Su vientre se distiende al respirar. Sigue destapándolo hasta llegar a su pene que también dormita, plácido. Lo admira. Lo toca con suavidad, temiendo despertarlo. No puede resistirse y comienza a besarlo con unos labios tímidos pero cachondos. Después, deja salir su lengua que juguetea, saboreando cada centímetro. La piel crece, se desamodorra, siente. Goza.

El instante se multiplica. Estalla el tiempo. El gemido masculino traspasa las paredes y los segundos. Ella sonríe. Él se voltea y le da la espalda para poder sentir sus senos debajo de los omóplatos, para dejarse abrazar por atrás.

Enseguida, respirando juntos, se sumen en una larga siesta.

Ahí viene…

¡qué orgasmoooooooOOOOO!

Depende, todo depende

Si nuestros cónyuges hubieran contado esta historia, ¿qué habrían escrito?

Mensaje

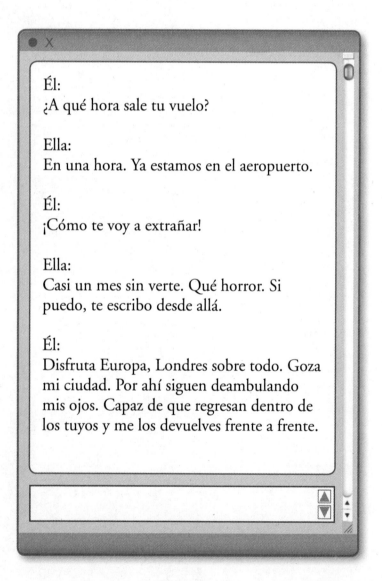

Él:
¿A qué hora sale tu vuelo?

Ella:
En una hora. Ya estamos en el aeropuerto.

Él:
¡Cómo te voy a extrañar!

Ella:
Casi un mes sin verte. Qué horror. Si puedo, te escribo desde allá.

Él:
Disfruta Europa, Londres sobre todo. Goza mi ciudad. Por ahí siguen deambulando mis ojos. Capaz de que regresan dentro de los tuyos y me los devuelves frente a frente.

Dos veces

Después de un mes de no verse, se citan en el hotel.

—Te ves rejuvenecido, ¿qué te hiciste?
—Trabajar como un demente. Tú luces hermosísima.
—Me miras como si no me hubieras visto en años.
—Siempre te miro por primera vez.
—¿Sabes?, sólo soy yo misma cuando estoy contigo.

Recuperan sus identidades. Las intercambian. Las palpan. Las paladean. Las apuestan. Ambos ganan. Son labios. Caída. Ropa que vuela. Rumbos. Rumba. Tendones. Choqueteos. En cada embate calzan la misma talla. En cada embestida pulverizan la misma noción. Les quedan cortas las palabras, les queda chica la inmensidad. Se hunden. Se expanden. Se logran. Rebasan los contornos del tiempo. Sus manos entrelazadas tiemblan. Sus pechos mojados palpitan. En sus pulmones entra y sale vida nueva. De pronto ella llora. En voz alta. Sin pudor. Sin esconder su llanto. Él la sube sobre su pecho. La cubre con sus brazos. Le murmura al oído. Se besan. La saliva de Ella sabe salada, sus lágrimas calientes, sus suspiros entrecortados.

Repiten el acto de encontrar todo lo que son… y son todo lo que encuentran. Duermen una siesta tibia y dulce.

Durante la cena, cada bocado es un hallazgo asombroso. El vino les entra por la sonrisa y les sale por la mirada.

Pero Ella nota algo… un parpadeo condescendiente, una casi inadvertida violación de la complicidad, un cambio de tinta en algo que siempre estuvo escrito.

—¿Qué pasa?

Él sabe que Ella se ha dado cuenta.

—Que esta relación es invalorable porque no tiene formato, ni restricciones…
—Pero tiene reglas. Y la principal es decírnoslo todo. ¿Qué me vas a decir?
—Uno, que te amo. Dos, que no deseo que esto se acabe.
—¿Y tres…?
—Que estoy intentando mejorar mi relación con Regina.
—Qué bien.

—Por mis hijos. No es correcto que exista un glaciar entre mi mujer y yo. Lo mismo se aplica entre tu esposo y tú.

—¿Nos quieres dar terapia de pareja a Rodrigo y a mí?

—No, amor, me refiero a la convivencia cotidiana. Entre mis ausencias por el trabajo y por el tiempo que pasamos juntos, siento que lo correcto es balancear las cosas y prestarle un poco más de atención a mi esposa. Tú misma has dicho que debemos mantener el equilibrio.

—¿Vas a dejar de trabajar o vas a dejarme? Una de dos.

—Ninguna. Me la voy a llevar a un crucero. Dos semanas.

—Qué lindo, ¿y cuándo se van?

—Mañana.

—Pues que tengas un muy buen viaje y que las cosas se mejoren. Quién quita y la reconquistas.

—Amor, si alguien me puede comprender, eres tú.

—Como no me lo comentaste por chat ni por teléfono, entiendo que debe tratarse de un viaje realmente especial, algo muy cuidadosamente planeado. Bueno, querido. Creo que me voy.

—Amor, no te despidas así, te lo ruego.

—Que logres tu propósito. Te lo digo de corazón.

—No, mi vida, espera... te acompaño a tu coche.

—No te preocupes. Pero que nunca se te olvide que hoy me hiciste llorar dos veces.

Tres veces

Es medianoche. Ella se mira al espejo y comprueba lo que es evidente. Soy una estúpida, piensa. Todavía tiene su olor en las manos y en la boca. Sus aromas que, mezclados, son un círculo perfecto donde nada falta y nada sobra. Estuvieron juntos todo el día, desde muy temprano hasta la cena.

Pasaron la mañana en ese hotel que los ha visto llegar tantas veces. Habitación 415; la de siempre. Por la tarde, caminaron por el centro de la ciudad, tomados de la mano, viendo aparadores, inventando historias de algunos transeúntes. Lentes oscuros, por si acaso.

Para cenar, con tanta hambre a cuestas (hay que reconocer que se ejercitaron más de lo debido), ordenaron un churrasco, ensalada, vino tinto y, de postre, crepas *suzette* que compartieron con ganas de que duraran eternamente… pero hasta el platillo más delicioso se acaba. Y ambos lo han sabido desde que Él le puso su saco para cubrirla del frío y sus miradas se comprometieron en una complicidad exigente.

Soy una estúpida, se repite, con la certeza de que no podrá sobrevivir a las imágenes de Él con su esposa en la cubierta del barco, en el casino apostando unos dólares en la ruleta, bajando a tierra, nadando en la alberca, haciéndose un masaje de pareja en el spa, cenando ante un sol que se esconde en el océano, muy adentro.

Hoy la hizo llorar dos veces: la primera, de gozo. De un placer que no se puede explicar con letras, ni con nada. El amor nunca se explica, nunca se entiende. Lo que uno siente ahora se convierte en otra emoción cinco minutos después. Y a las emociones no se les puede dar órdenes ni se les puede poner en la lista de espera. Uno ama o no ama. Quiere o no quiere. Odia o no odia. Y Ella lo adora, aunque se sepa abandonada temporalmente; engañada. Aunque esté segura de que Regina siempre será su esposa porque, después de conocer a muchas mujeres y de varios intentos de formar una pareja formal, la eligió con mil razones precisas. Válidas todas. Rescatables. Reconquistables. Ella no puede negar que es una mujer extraordinaria en muchos sentidos. ¡Carajo!

Soy una estúpida, piensa. Y, enroscándose en su sillón favorito, en posición fetal, llora por tercera vez en el día.

Campo de batalla

Regina está haciendo las maletas. Yo no quiero meterme bajo la ducha. No quiero enjuagarme la cruzada que se celebró ayer en nuestras pieles. Siento mucho que mi falla de comunicación, el no haberte puesto al tanto desde el inicio de mi plan de irme de crucero con mi esposa, haya sido la causa de una despedida dolorosa. Lo único que quiero es ya estar de regreso y meter mi alma en tus ojos.

Mi torso desnudo es un campo de batalla. Sopla un viento melancólico sobre mi pecho. Por toda mi piel hay soldados caídos, héroes que murieron por la causa. Bayonetas, cascos, manchas de sangre… el cielo azul y yo, este páramo donde se libró la batalla más heroica de todos los tiempos: y ganó la libertad. Aunque la libertad dure un instante.

No podré escribirte desde el barco. Prometí no llevar nada que me conecte al trabajo.

Como cantan los Beatles: *Don't let me down.*

De regreso

Regresando de su viaje, se hace evidente que Él necesita un respiro, un tiempo exclusivo para estar consigo mismo. La convivencia con su Regina le fue muy difícil, pero tampoco tiene ganas plenas de regresar a los brazos de Ella. Ni de escribirle. Decide llamarla por teléfono y casi susurrarle, con prisa, lo que está sucediendo:

"Me siento mal. Me está llevando la fregada, sentimentalmente hablando. No estoy sabiendo manejar mis emociones. Éstas me están manejando a mí. Y no me gusta. Además, me ha llovido cabrón últimamente. Es como si tuviera una nube de mala suerte y baja presencia, lo cual a veces me pasa. Dejo de irradiar. Y se nota. Es como ser un mimo que de pronto quiere platicar pero nadie lo quiere oír. Han sido muchos subibajas emocionales. Muy acentuados… No me interrumpas, por favor déjame seguir hablando.

"Tengo una lluvia interior que no para. Estoy hecho un chubasco. Inundado. Mis coladeras tapadas. Mis calles, ríos. Mis parques, perdidos. No sé… pienso que todo ser humano pasa por momentos de fragilidad o de vulnerabilidad. Estoy pasando por uno. Otras veces tengo fuerza y mucha, pero hoy debo aceptar que se rompió el cielo sobre mí y aprender que está bien. Es parte de estar vivos. Es, quizás, el reverso de sentirse invencible por la fuerza del amor…".

Contigo, a la distancia

Estar sin ti es como ir a todos lados y no llegar a ninguno. Es perder un rumbo siempre buscado. Sigo viva, te lo juro: duermo y despierto. Como y bebo. Camino. Cumplo con mis compromisos. Aún soy madre y esposa. Todavía respiro... pero ya no sé bien para qué.

Entiendo que estás bajo la lluvia, inundado. Que tus ojos-universo, tus esquinas y jardineras, tus edificios y hasta tus arenas están anegadas. No puedes con tanta tristeza, y menos con la incertidumbre que te abruma.

Podríamos intentar, juntos, destapar las coladeras, usar bombas de agua, construir un camino para que el líquido de lluvia siga su curso y no se quede estancado a tu lado. Pero, por el momento, no debemos. El destino nos tenía reservada esta tregua. Necesaria. Así que, aunque no queramos, hay que abrazarla. Sí, claro, cada quien por su lado, porque el mundo no deja de recordarnos que nuestro amor es prohibido.

En estos años juntos, hemos superado ya tantos obstáculos... parece increíble que sea tu lluvia la que nos separe. Pero con el clima no se juega, dices, porque es incontrolable, imprevisible y, al sentirse amenazado, se puede convertir en tormenta, en tornado. Así que me alejo, me refugio bajo un paraguas rojo, gigante, mientras espero (¿esperamos?) a que escampe. Y cuando esto suceda —porque va a suceder—, aquí estaré, detenida en el tiempo, aguardándote para reconstruir una vida que nunca hemos tenido y los sueños que, a diario, imaginamos.

Infierno

Los días sin ti, amor, son negros.

Consulta

Desesperada, le pregunta Ella a uno de sus mejores amigos:

—¿Cuándo lograré que Él sea totalmente mío?

El amigo, desde sus ojos azules y tranquilos, le responde:

—Un hombre nunca es tuyo, sólo su deseo.

Ya pasó

Creo que ya pasó. ¿El amor, el deseo? Esta necesidad tuya de lejanía, ha terminado por enfriarme. ¿Para qué miento? Sé que prometí esperarte, respetar tu espacio y tus tiempos.

Me escribiste la semana pasada, cuando te llamé y notaste mi desesperación: "No puedo tomar una decisión tajante en este momento. No tengo la fortaleza emocional para hacerlo. Creo que debo vivir un proceso. Analizar a fondo y abiertamente, junto con mi esposa, qué es lo que pasa. Analizar mi corazón muy detalladamente. Y eso tomará el tiempo que tome. Mientras tanto, estás en mi vida de mil maneras. Y te puedo decir que mi vida es mucho más mía desde que te reencontré."

Pensé que podía seguirte queriendo, pero ahora estoy llena de dudas. Mi cuerpo ha soltado al tuyo. Supongo que es una defensa primaria. No debe dejarse morir por tu ausencia, así que tiene que sobreponerse y mirar hacia otro lado. Distraerse dedicándole horas extra al trabajo, a la familia, a la dieta que ha comenzado. Sigue ejercitándose y practicando yoga. Necesita ser flexible, en todos los sentidos, con todos los sentidos.

La verdad, amor, no pienso en ti tanto como antes. Y, cuando lo hago, me llega una emoción tierna, de amantes añejos que, ahora, sólo son buenos amigos. Eso me espanta, pero supongo que es inevitable. A las emociones no se les puede manejar al antojo del día. Imposible abrir un menú y elegir los platillos. Sentimos... o no sentimos. O lo hacemos de distinta manera.

Me pediste distancia. Sólo un rato, explicaste. Creí entenderlo. Te respeté. Puse a hibernar mi amor por ti y, es horrible decirlo —decírtelo—, pero creo que se ha quedado completamente congelado.

La visita del orgasmo

En la madrugada la despierta una exquisita inquietud. Rodrigo ronca suavemente. Silencioso, el Orgasmo le besa las areolas, pone su largo dedo índice sobre sus labios y murmura en su oído…

—Sss… no te muevas, vengo a devolverte las ganas.

Gozo

Es de madrugada. Comienzan a asomarse los rayos del sol, discretos. Ella duerme de lado, como acostumbra. De pronto, cuando una bocina de auto hace evidente que el día pleno está por mostrarse, siente la mano masculina en su cintura. Una mano que la acaricia despacio, despertando a su piel.

Llega a sus senos. Ahí se detiene durante una eternidad, recorriéndolos. Ella sigue con los ojos cerrados, dejándose hacer. En esa tenue línea en que empieza a despertarse pero la conciencia no llega todavía, segura de sí misma.

Ahora son dos manos. La desnudan. Le abren las piernas. La hacen gemir y temblar y gemir nuevamente. Ella siente un leve mareo, se deja llevar por el oleaje. Se concentra en cada una de las sensaciones. Aprieta los ojos que todavía no ha abierto. Ella está ahí, entregada al goce, disfrutando cada segundo y cada respiración y cada gesto no visto y cada grito. Grita. Fuerte, olvidándose de todo.

El cuerpo que hasta hace unos minutos la poseía, ahora está junto a Ella, abrazándola. Besándole el cuello y el hombro derecho. Adorándola.

Por fin, Ella abre los ojos. Mira fijamente el rostro de su marido. Ha vuelto el gozo, piensa… y sonríe.

Al mismo tiempo

Mientras Ella lee, durante el descanso de medio tiempo, la novela más reciente de Ethel Krauze e intenta aprenderse una frase de memoria, Él escucha las palabras, claras, en su mente. Es un mensaje que le llega de algún lado, de alguna manera: "He descubierto que nada dura más de un instante. Y que esa expectativa es el gozo, el milagro de la vida". Pero Él no entiende o no quiere hacerlo. Sigue encerrado en sí mismo, ansioso, con la mirada y el corazón nublados.

Mientras Ella observa a su hijo meter un gol en el partido semifinal de su escuela y le echa porras desde las gradas, orgullosa, Él sigue en su oficina, frente a su computadora, con la mirada fija en la pantalla, sin ninguna respuesta.

Mientras Ella sufre un rato, pues el equipo contrario los ha empatado, Él deja que sus dedos recorran el teclado, automáticamente. Entra a una página de lectura de cartas en línea. Se ríe de sí mismo. Del extremo al que ha llegado. La desesperación nos lleva por caminos ridículos, piensa, y se siente ridículo pero no le importa.

Cuando Ella se relaja, pues otra vez el equipo de su hijo se ha puesto a la cabeza, Él lee la primera carta: El Juicio. Este arcano representa la claridad de ideas y el momento de la verdad. Todo se sabrá y saldrá a la luz, nada podrá esconderse ya más. Uno se ve a uno mismo y al mundo como realmente son. Es la soledad de la paz. Todo está en tus manos.

Cuando Ella se levanta gritando ¡Bien, equipo, muy bien! y felicita a la mamá que tiene a su lado derecho, Él lee la segunda carta: La Estrella. Representa la iluminación del camino real que debemos hacer en la búsqueda de nuestra propia metamorfosis interior. Se aproximan cambios inminentes. Este arcano representa el destino, el momento de la verdad, donde se obtendrá aquello que se merece, si se es capaz de defenderlo. Simboliza el saber qué hacer, es la oportunidad de ser feliz.

Cuando los jugadores se abrazan al terminar el partido y Ella le llama a su esposo para contarle del triunfo, Él lee la tercera carta: El Papa. Envuelto del amor, en su forma más pura, les otorga a los demás aquello que verdaderamente necesitan, no lo que esperan. El verdadero cambio sólo ocurre si estás sensible y abierto, buscando respuestas, si confías en el amor y te sometes a él.

Ahora entiende la frase que Ella, sin ninguna explicación, le ha enviado y, de una forma extraña pero certera, se siente absolutamente tranquilo. Ha escampado.

Se fue la lluvia

Él le habla por teléfono. Le urge verla, decirle lo que ha pensado, lo que ha sentido. Contarle de las palabras que le llegaron de quién sabe dónde y lo regresaron a su punto de equilibro.

Sube a su automóvil, pone un disco de los Beatles. Canta a todo volumen una de las tantas piezas que se sabe de memoria. Tiene buena voz. En su adolescencia quería ser vocalista de un grupo de rock. Lo logró. Se llamaba Karma, ganaron un concurso y hasta grabaron un disco LP. Pero eso quedó en el pasado. Se dejó llevar por otros lugares y tuvo que responder a otras necesidades. No se arrepiente. Ser editor de una revista le encanta. Demasiado trabajo, demasiados viajes, mucha presión pero todo disfrutable. Lleno de retos que lo mantienen vivo. Además, conserva su afición por la música tocando la guitarra, componiendo de vez en cuando y echándose palomazos con otros músicos de su oficina.

Reflexiona: Lo que siento es miedo. De sentir. No sé cómo desprender el inmenso amor que tengo por Ella de las cosas triviales, de las cuarteaduras o intersticios por los que se asoman eventos aparentemente nimios. Mi única defensa es tomarme un trago lejos de mí, mientras pasa el amor. O el dolor. O el pánico. Cuando Ella se enfría, se pone racional y sobrevive. Cuando yo me enfrío, me muero de frío. Tiemblo.

En el semáforo, mientras espera la luz verde, le escribe: Amar es girar un calidoscopio. Los colores cambian, se amplifican, se contraen, se dispersan, se esconden y nuevamente se abren como abanicos nuevos.

Suena su celular. Es Ella. Le dice, con ese tono de ironía que usa para no burlarse plenamente:

—¿Amar es girar un calidoscopio? Ay, amor, a veces eres muy cursi…

—Es que estoy feliz de que haya escampado.

—Yo más. Pensé que tendría que esperarte eternamente. Sentí que me estaba enfriando, pero una palabra tuya basta para darme cuenta de que te sigo amando.

—Me siento muy afortunado de que sigamos enamorados. De que podamos colmarnos el alma hasta el tope con nuestros besos, nuestro sexo, nuestra risa, nuestra luz cómplice que se nos chorrea de la mirada.

—Y yo estoy encantada de que otra vez seamos nuestros. ¿Ya vienes?

—Estoy a dos cuadras.

—Prepárate. ¡No sabes la sed que tengo!

Habitación 415

Tumbados sobre la humedad de las sábanas, Él le dice:

—Empezamos en la cama y acabamos en la playa. ¿Será que el mar nos sigue a todos lados?

Entrevista a un orgasmo

Hay una conmoción afuera del hotel. Los reporteros y los paparazzi se pelean con frenesí cada centímetro de espacio para inmortalizar al orgasmo en una fotografía, en una declaración. El orgasmo llega impecablemente vestido sin perder el temple ni la placidez que lo caracterizan, a pesar de que las cámaras y los micrófonos invaden su espacio vital como pirañas frenéticas.

Reportera 1: ¿Es verdad que usted es el orgasmo más intenso que existe?

Orgasmo: Mi intensidad es directamente proporcional a la felicidad con la que me reciban.

Reportera 2: ¿A quién viene a visitar?

Orgasmo: A quien merezca mi aparición.

Reportero 1: ¿A un hombre o a una mujer?

Orgasmo: Digamos que a una sonrisa.

Reportero 2: Se rumora que lo esperan en una habitación precisa.

Orgasmo: Se rumoran muchas cosas, pero pocas se comprueban.

Reportera 3: ¿Por qué nunca regala autógrafos?

Orgasmo: O me entrego por completo, o no regalo nada. Así lo prefiero.

Reportera 1: ¿De dónde nos visita?

Orgasmo: De un lugar muy añorado.

Reportero 2: Existen pruebas de que usted ha metido a muchas parejas en problemas.

Orgasmo: Las he metido en soluciones, mi amigo. Lo que pasa es que la gente maneja mejor los problemas que las soluciones.

Reportera 2: ¿Es verdad que se negó a visitar a la primera dama?

Orgasmo: Yo sólo visito a damas de primera.

Reportero 1: ¿Cobra por sus servicios?

Orgasmo: Me considero un artista. Mi arte consiste en construir catedrales de regocijo para que los feligreses puedan constatar con los ojos del vientre que la eternidad es momentáneamente plausible. Y eso ni se paga ni se cobra. Se es.

Reportera 3: ¿Qué piensa del mundo actual en el que vivimos?

Orgasmo: La humanidad siempre ha vivido en el mundo actual.

Reportero 3: ¿Cuántas veces se puede tenerlo a usted?

Orgasmo: ¿Por qué limitarse? ¿Por qué cuantificar lo indescriptible? Si me permiten, me están esperando y nada me complace más que llegar a tiempo.

Carismático, elegante y evasivo, el orgasmo se interna en el hotel. Los reporteros permanecen en la calle, algunos con micrófonos ultra sensibles, deseosos de grabar los rangos, las notas y los colores de la voz que lo reciba.

Reportero 2: Sé de muy buena fuente que va a la habitación 415. Me voy.

Fotógrafo: Yo voy a esperar a que salga la pareja para fotografiar sus miradas pulidas y sus expresiones de recién llegados al mundo.

Reportero 2: Pierdes tu tiempo. Es probable que nunca salgan de ahí.

Cantidades

Cuántas cosas cargamos los seres humanos. Cuántos deseos y, también, cuántas frustraciones. Iras. Cuántos hubiera o debería haber... Cuántas cosas y amores que se van para siempre. Todo tiende a desaparecer. Cuántas lágrimas derramadas o contenidas. Emociones sin explicación. Cuántos silencios. Traiciones. Rencores. Desganas. Bultos pesadísimos del pasado sobre nuestra espalda. Esperanzas que nos hacen sentir vacíos en el vientre. Soledad. Desánimo. Recuerdos que no pueden ser enterrados.

Qué cantidad de personas que no encuentran para qué han venido ni hacia dónde les toca ir ahora y siguen vivos porque no les queda otra. Qué cantidad de palabras desperdiciadas, sin destinatario. Qué cantidad de promesas. De miserias. De formas distintas de sufrir.

Cuántos vivos que llevan años muertos. Cuántos muros grises. Impedimentos. Malas noticias que superan a las buenas. Catástrofes naturales. Seres humanos sin nombre. Madres sin hijos. Asesinatos. Abusos. Desperdicios. Cuántos cuerpos rotos. Qué manía de prolongar las injusticias hasta hacerlas infinitas. Qué ganas de escuchar, al menos, alguna queja. Cuántos dolores que, de tanto doler, anestesian.

Por eso, amor, lo nuestro es un milagro.

La neta

No puedo creer que justamente cuando empezamos a acomodar nuestro horizonte sobre la cama, sin más ropa que nuestros labios, se te ocurra contestar tu teléfono. Levantarte como si yo no estuviera presente, caminar hacia tu bolso y:

—Hola, amor… bien gracias, ¿y tú? —mueves tus labios silenciosos hacia mí: "Es mi marido".

Regresas a la cama, me empujas para que quede tendido boca arriba. Te montas en mí, se hunde lentamente mi estupefacción.

—Estoy haciendo el amor con mi amante. Si vieras lo rico que lo hacemos…

Tu sonrisa, tu mirada y la manera en la que meneas tu cinismo, me propulsan hacia un umbral que me fascina y al mismo tiempo me asusta.

—Creo que aquí me voy a quedar toda la tarde, corazón. ¿Puedes supervisar la tarea de…? Gracias… yo también te amo. *Bye*!

Lanzas tu teléfono hacia el sofá. Estoy a punto de preguntarte si has enloquecido cuando me dices:

—Estarás de acuerdo en que no hay mejor men-
tira que la neta. ¿No?

¡Ahí está!

Delgado, alto, elegante y enigmático, entra a un edificio, a un teatro, a un restaurante, a un hotel, a un auto, al metro, a un avión, se interna en un parque, flota en un lago, penetra una cantina, camina hacia un cine, una cárcel, una comandancia, un confesionario, una casa, una panadería, un hospital, un estadio, un túnel... ¡ahí está!, le grita el reportero al fotógrafo sin tiempo de tomarle una foto. No tuvieron suerte a pesar de que fue una noche generosísima: El Orgasmo entró y salió y salió y entró en millones de zaguanes, puertas, ventanas, chimeneas, portezuelas, elevadores, callejones, bancas, catres, sillones, camas, escalones, mesas, albercas, tinas, clósets y cortinas y la ciudad durmió... sonriente.

Esta línea

Esta línea sobre la que camino este renglón que se extiende entre la vida y la muerte entre la libertad o perderte entre las cosas que minuto a minuto se tensan para que haga equilibrio sin caer al vacío esta cuerda delgada hecha de palabras exprimidas desangradas e implacables es hoy por hoy amor mío el único cable que si verdaderamente tengo suerte conduce hacia ti.

Contar es regalar

—Le tenía mucho miedo. Era agresivo. Emocional y físicamente hablando.

Ella lo mira atentamente.

—¿Pedimos otro whisky?
—Mhm —afirma Ella.
—Pero una tarde, cuando yo tenía dieciséis años… cambiaron las cosas.

Ella nota, en la longitud de las pausas, que sus palabras acuden de sitios muy remotos, algunas llenas de tierra y otras prefieren no llegar; le toma la mano, escucha atentamente su silencio.

—Estaba con mi primera novia. Vivía a la vuelta de la esquina. Y mi papá me buscaba. Su carro verde se fue acercando. Bajó con el cinturón en la mano. Camiseta blanca. Se supone que yo estaba haciendo un trabajo escolar, pero me escapé a visitarla. Se llamaba Carolina. Le dije: "Mira, Caro, te presento a mi papá". Y él no se volvió a mirarla. Hizo un gesto, como quien mira algo que está muy lejos, y me empezó a dar de cinturonazos en la espalda, patadas, jalones de pelo, y su voz se le hacía aguda, como de niño. "Mal parido de mierda", eran las palabras que escupía durante la golpiza. Una y otra vez. Carolina se refugió tras las rejas de su casa, corriendo. Llorando. Pidiéndole que no me golpeara más. Y de pronto dejé de sentir los golpes. Me incorporé y era como si, en cámara lenta, cada bofetada, cada puñetazo, fueran una indescifrable manera de pedir ayuda. De decir te quiero. Y le dije: "Yo también te quiero, papá". Le sonreí. Genuinamente conmovido. Mi padre me golpeaba con más ánimo, para doblarme, para romperme... y su rostro empezó a mostrar miedo. "Te amo, papi", le dije con la boca llena de sangre y lo abracé. Le besé la cabeza. Su cuerpo empezó a temblar. Cayó de rodillas. Caro me miraba desde la reja de su casa. Lo ayudé a levantarse y nos subimos al coche. Nunca me volvió a pegar. A partir de ahí nos miramos sabiendo que en esta vida no nos entenderíamos, pero que podríamos llegar al fondo y sentir un amor inmenso el uno por el otro... Salud.

—Salud, amor. ¿Por qué me cuentas tu vida como si me la estuvieras regalando?

—Porque quiero que todo lo que fui también sea tuyo.

Otro regalo

Ahora le va a Ella. Quiere contarle algo de su pasado. Algo que también duela. Repasa su infancia y adolescencia. Sonríe con una melancolía dulce, suave. Sí, era muy feliz. Lo sigue siendo. Entonces, recuerda la muerte de su mejor amiga y el golpe la deja sin habla. Pide otro whisky, ahora en las rocas. Retoma el aliento al saborear el líquido que acaricia su garganta, raspándola.

Él la mira desde el asombro. Nunca antes la había visto llorar de esa manera. Acaricia su mano izquierda, besa sus nudillos y las puntas de sus dedos. Quiere consolarla y no sabe cómo.

Entonces, Ella le cuenta, de manera desordenada: 33 años Un aneurisma Fuertes dolores de cabeza Tres días en el hospital Muerte cerebral Dejó una hija de tres años y un profundo vacío que no aminora con el paso del tiempo.

Ella entra a su habitación de terapia intensiva. Sola. Ve el cuerpo delgado sobre la cama. Respira pero ya no está. Le han advertido que se moverá, pero que sólo son reflejos. No hay remedio: su cerebro no registra actividad alguna. Ella observa las manos de su amiga, sus uñas pintadas de un color fuerte, como siempre. Unos días atrás no había llegado a una comida porque ya le dolía la cabeza. ¿Negligencia médica? ¿Confianza de más en su buena suerte? ¿Se pudo haber evitado? Acaricia su brazo una y otra vez. Siente una tristeza infinita, la que provoca una pérdida que sabemos irremediable. No tiene más que unos minutos. Afuera aguardan sus padres, su hermano, algunos primos que desean verla. Debe apurarse, decirle que la quiere mucho, aunque no la escuche. Que la necesita. A falta de un dios a quien rogarle, debe pedirle a ella que no la deje, que no tiene a nadie más para compartir su futuro. Lo presiente. Nunca podrá llenar ese vacío. Pero no logra decirle nada, ni siquiera susurrarlo.

Me quedé paralizada, le confiesa a Él. Tenía muchas ganas de ver la palma de su mano para saber si realmente la línea de su vida era corta o el destino se había equivocado… pero no pude. No pude hacer nada. Entró una tía y tuve que salirme. No la volví a ver nunca y ni siquiera he visitado el lugar donde depositaron sus cenizas. Todavía me duele tanto… Tanto.

Aromas

—Hueles a vida.

—Tú, a sexo.

—Tu sexo en mi lengua.

—Hueles a mí.

—A nosotros.

—Cuando no estoy contigo, no huelo a nada.

—¿Oleremos a amantes?

—No, a sandía.

—A prisa. Aprisa.

—¿Habrá olor a despacio?

—Olor a sin prisas.

—A veces, olemos a hierbabuena.

—Y todos los jueves, a jabón barato de motel.

—¿El jabón es barato o el motel es barato?

—Depende si pedimos habitación con o sin jacuzzi.

—Olemos a ganas.

—A gozo.

—A orgasmos que se encadenan.

—Y desencadenan…

—¡Cuánto han desencadenado!

—Terremotos y tormentas.

—Me encanta el aroma a lluvia cuando todavía no llueve.

—A mí me gusta el olor a mar.

—A brisa.

—Arena.

—Espuma.

—Nieve.

—Frío.

—Bosque.

—Tierra húmeda.

—Tacos al pastor

—¿Olor a tacos al pastor?

—Bueno, amor, me muero de hambre. ¿Qué esperas?

—Que les pongan mucho cilantro y bastante piña.

—¡Mmmmmm!

—Ah, y toda la cebolla que encuentren.

—Malvado. Entonces, que frían la tortilla en mantequilla.

—¡Wuakala!

—Se dice, guácala.

—Tu olor a mí se está desvaneciendo.

—No podemos permitirlo. Tenemos un deber hacia los aromas.

—¿Qué hacemos?

—Vuelve a desvestirte. Regresa a la cama. Dejemos que el olor de nuestros sudores endulce el resto del día.

¿Sabemos?

No sabemos ni cuándo ni cómo ni dónde, sólo sabemos por qué.

Lenguas

Isabella y Ella se reúnen a tomar un café en ese lugar que adoran pues es de los pocos que quedan en la ciudad en el que los meseros se acercan a las mesas, amables, para tomar la orden. Ambas odian el "self service". Ella pide un capuchino muy cargado. Su amiga, un té de guayaba y unas galletas de avena. Conversan, antes que nada, de los hijos; su tema favorito. Un buen rato hablando de sus logros y también de aquello que las preocupa: la adolescencia a la vuelta de la esquina. Después del segundo té de Isabella, cambian de tema.

—Por cierto, ¿cómo va tu papá?
—Muy bien. Salió del hospital la semana pasada y decidió no regresar a vivir con mi mamá. Se quedó en León, con una de sus esposas. Se oye raro, ¿verdad?
—¿Y tu mamá cómo lo tomó?
—La verdad, bastante bien. En realidad, aunque vivieran juntos, llevaban aaaaaños separados. Cada quien en su mundo.
—Supongo que eso acaba por pasarle a todas las parejas. Los desencuentros. La lejanía.
—¿Estás bien con Rodrigo?
—Sí, bien. Bueno… Supongo que normal. Cada vez compartimos menos cosas. Vivimos en la costumbre. Pero son etapas de cualquier pareja. ¿No?

—No lo sé. Yo me separé hace ya… ¡seis años! ¡Cómo pasa el tiempo de rápido! ¿Adivina qué?

—¿Qué?

—Me metí a estudiar lenguas muertas.

—Qué maravilla. Cuando te recibas, ¿puedo mandarte a Rodrigo para que lo atiendas?

Ambas ríen a carcajadas. Los dos ejecutivos encorbatados de la mesa de al lado voltean a verlas.

—No seas burra: estoy estudiando latín y griego. No te mediste…

—Bueno, no es culpa mía que la lengua de Rodrigo esté muerta. O, al menos, medio dormida.

—¿Y estás haciendo algo por revivirla?

—No me interesa. Ya tengo a alguien que habla un idioma muuuuuuuuucho más placentero.

Deseo

Tengo ganas de ti, amor. Muchas ganas. De perderme en tu piel y dejarme envenenar por tu olor. De sentir el momento preciso en que tu miembro me penetra y comprobar, como tantas otras veces, que en ningún lado ni de ninguna otra manera puedo ser más feliz. Más plena.

Tengo ganas de una vida juntos. Una vida de verdad. Con viajes, discusiones, planes a corto y a largo plazo. Una cuenta en el banco. Chequera compartida. Hasta deudas en común. Caminatas en el parque, de la mano, sin temer que alguien nos vea. Escuchar tus ronquidos todas las noches. Regañarte porque dejas la pasta de dientes abierta, aunque sea el más común de los lugares. Fotografías enmarcadas. Desayunos con prisa. Lanzar una moneda para decidir, de manera democrática, con qué familia pasar la fiesta de fin de año.

Tengo ganas de ahorrar los minutos que no paso contigo, para regalártelos todos. Los años que no compartimos. Incluso deseo —y esto sí es increíble— que tengamos un hijo.

Renacimiento

Has revivido cada parte de mí.

La claridad

Amir es veinte años mayor que yo. Amigo y compañero de mil batallas laborales. Juntos vencimos, perdimos y aprendimos, cosa difícil, que la amistad vale más que el trabajo. Empezó siendo mi mentor y ahora soy su jefe.

Hoy vengo a visitarlo quizás por última vez. Está invadido de cáncer. Lleva más de tres años luchando. Amir luce amarillento. Su piel parece de cera y no de carne. Sin embargo, sus ojos se conservan ajenos a su deterioro. Como si el dolor, los padecimientos y la certeza de encontrarse al final de sí mismo no tuvieran relación alguna con el brillo vital de su mirada. Varios aparatos sofisticados miden su presión arterial, las pulsaciones de su corazón, la exactitud sistemática de las dosis que le inyectan morfina y otras drogas y medicamentos. Está despierto, consciente. Sereno. Me sonríe con las pupilas.

—¿Cómo te sientes, Amir?
—No me siento.

Nos miramos intensamente. Sin prisa alguna por decir palabras. Su mano dialoga con la mía.

—Por fin me han controlado los dolores. De hecho es bueno no sentirme.

—Me da gusto…

—Creo que estoy agarrando fuerzas para terminar. Se necesita fortaleza para lograrlo, ¿sabes?

—Ánimo, Amir. Nuestro destino es el mismo. Ahí estaré un día de éstos.

—El destino mortal probablemente sea el mismo. Pero el de la vida… tú todavía lo tienes. ¿La sigues amando?

—Sí.

—Pues ámala. Es tu camino.

—Pero temo que… bueno, qué te puedo decir… es el colmo que te venga a hablar de temores. Discúlpame.

—Temes quedarte solo. Viejo y solo.

—Me da miedo envejecer, lo admito. Y quedarme sin nadie.

—Yo envejecí y me quedé solo.

—Envejeciste al lado de Elena, Amir.

—Hace años pensaba como tú. Decidí partirme en dos. Mitad para mí y mitad para ella. Y acabé viviendo la mitad.

—¿No fue el amor de tu vida?

—El amor de mi vida fui yo. Y pude haberme atrevido a mucho más.

—Elena está contigo.

—Aprecio que esté conmigo. Pero mi camino era otro. Desgraciadamente, la claridad llega cuando ya no hay tiempo para disfrutarla.

—¿Qué me estás diciendo?

—Que te mires en mí. Si continuar con tu esposa es tener que partirte en dos, al final te sentirás más solo al lado de ella que si te hubieras quedado sin nadie.

—...

—Si la vida te está diciendo que estás vivo, no lo dudes.

—Pero tengo familia.

—¿Tienes familia o tienes miedo?

—No puedo dejarlos.

—¿Y por qué los vas a dejar? Si eliges volar y alcanzar a tu alma, no significa que abandones a nadie. Todos tenemos derecho a cambiar. O lo ejerces, o te ejerce a ti.

—Estoy confundido, amigo.

—Cómo quisiera vivir una confusión tan plena como la tuya.

El diálogo se muda hacia la nitidez de los ojos de Amir; enfatiza lo que me ha dicho con el centelleo de sus iris.

Elena entra al cuarto del hospital acompañada por una enfermera que carga una charola con jeringas y ampolletas. La esposa de mi amigo se queja de lo mala que es la comida en la cafetería del hospital y le dice a su marido:

—Ahora que salgamos de aquí, nos vamos a cenar y a beber como Dios manda, ¿verdad, Amircito? Ya mejórate, que esta comida me está matando.

Amir me mira… con un parpadeo me indica que así es la vida… que así fue.

Por teléfono

No seas mala, no me digas que sigues en camisón porque esa frase va directo a mis dedos y ahora, ¿dónde los pongo?

Migración

Él se mira al espejo, dispuesto a afeitarse. Esa capa negra que cubre buena parte del rostro, brota de la piel con la que la ama a Ella como nunca ha amado ni volverá a amar a nadie. La multitud incontable de filamentos que emergen de sus mejillas, su mentón, su cuello, su manzana de Adán, arriba, abajo y a los lados de sus labios, crece todos los días para, de igual manera, partir.

¿Adónde se van esos puntos negros que flotan en el lavamanos semejando una parvada que se aleja, concéntrica, sobre un cielo blanco?… puntos suspensivos de Él que se internan en el vórtice del lavabo para nunca más volver.

¿Será mi manera de ir dejando la vida cada mañana? ¿Algún día me reencontraré con las parvadas que partieron de mi rostro? ¿Acaso migrarán a otro yo que se mira en el espejo antes de afeitarse? ¿Un yo que ya llegó a ti, y que se rasura el rostro diariamente con la mirada llena de tus ojos, la piel perfumada por tu sexo y el calendario pleno de tus días?

El chorro de agua caliente nubla el espejo como una pregunta que se expande hasta cubrir cada rincón del horizonte.

Martha my dear

Su abuela se llamaba Martha. Ella era la nieta favorita y no podían ocultarlo. Además, cumplían años el mismo día y veían la vida con los mismos ojos, aunque los tenían de color distinto. De caracteres y maneras parecidas, eran infatigables. Eran, porque su abuela ha muerto y porque Ella, desde que cumplió la edad "prohibida", se cansa con más facilidad que antes.

Además de muchos recuerdos, ¿qué le queda? Los zapatos blancos con los que se casó en 1943 y sus medias de seda. Una tesis profesional, varias anécdotas y un sinfín de fotografías en blanco y negro, un par de las cuales Ella coloca, religiosamente, año tras año, en la ofrenda de muertos familiar.

Lo más importante: la figura de su abuela se ha convertido en su ángel de la guarda, en una querible presencia que la cuida. Ella está segura de que si hubiera conocido a su amante, novio, cómplice y amigo, lo aprobaría y hasta lo querría. Eso sí, le diría: "Ten cuidado, no hagas tonterías ni tomes decisiones si no estás completamente convencida. Recuerda que puedes tenerlo todo en la vida, pero nada más…".

De cabeza

—¿Acaso no estás seguro de que te amo más que a nadie?

—Mis manos lo saben. Mi frente, mis venas, mis piernas, mi cabello, mi sonrisa, mi mirada, mi cue-llo, mi calendario, mis prisas, mi insomnio, lo saben también. Pero desgraciadamente, la parte de mí que menos piensa, es la que cree que más sabe.

—Se trata sólo de un amigo. Fue mi novio hace muchos años. No lo he visto desde entonces. Y nece-sita hablar.

—Entiendo, respeto y admiro que tu amigo necesite hablar. Pero siento que lo que en realidad de-sea es callar contigo.

—¿No entiendes que cuando una mujer se siente tan amada como yo por ti, no necesita a na-die más?

"Claro", piensa tu parte que no piensa, "eso es preci-samente lo que le dice a su marido cuando está con-tigo. Acuérdate que conoces su repertorio de excusas y pretextos. Sabes de sobra cómo miente. No cedas. En el fondo lo que Ella quiere es sentir que puede ha-cer el amor con alguien más para liberarse de ti. Para recuperarse a sí misma y no depender exclusivamente de lo que la haces sentir.

—¿No te convencen mis mil llamadas al día, mis besos, las cumbres a las que me llevas?

—Lo que no entiendo es cómo no le importa a tu marido que tengas una cita con un examante.

—Exnovio. Porque sabe que es mi amigo, que aquello ocurrió hace muchísimo tiempo.

—¿Te tiene tanta confianza?

—Por supuesto que me la tiene. O qué, ¿no debería?

Él quisiera que Rodrigo fuera menos abierto, menos liberal, menos comprensivo. Que fuera su guardaespaldas, su perro guardián, su nana. Que tuviera más presencia. Siente en el estómago como si se hubiera comido un plato lleno de odio hacia sí mismo. De-testa saberse celoso. Nunca antes lo fue. Pero también es verdad que nunca antes había pensado, filosofado, calculado, cavilado, añorado y soñado tanto con la ca-beza equivocada.

¿Venganza?

Un día antes de cenar con mi examante, como lo llamas con un dejo de desprecio (¿o de miedo?), nos vemos. El hotel de siempre está al cien por ciento de su ocupación gracias a un congreso de mujeres cristianas. Tenemos que escoger otro lugar para saciarnos. Como no se nos ocurre nada, decides pasar por mí a la cafetería que se encuentra a unas cuadras de mi oficina. Una de la tarde en punto. Dejo mi escritorio, nerviosa, y, sobre él, todos los pendientes. Tendrán que esperar hasta mañana.

Elijo una mesa cerca de la ventana y pido un té blanco. He llevado una revista para que la espera sea más grata. 1:30. Nada. 1:45 pm. Te llamo pero tu teléfono me manda directamente a buzón. Ahora ordeno un té rojo. A las dos y quince, a punto de levantarme, me llamas. Algo, muchos algos se te atravesaron. Tu jefe, tus citas, el médico y quién sabe cuántas otras excusas. En quince minutos llegas, prometes. Con mi tercer té en el estómago, vuelve a sonar el teléfono. No lo vas a creer, dices, pero me perdí. ¿Te perdiste en una ciudad que conoces desde que naciste? Sí. Me desviaron por la construcción del segundo piso, me mandaron hasta no sé dónde, me costó mucho trabajo ubicarme pero, ahora sí, en quince minutos paso por ti. Ya son casi las tres de la tarde. Estoy furiosa y triste y furiosa. Además, muero de hambre. No tienes madre. Entonces llegas. Con una enorme sonrisa y pequeños rastros de culpa.

Me das mil explicaciones mientras abres la puerta de tu coche plateado. Encontré un lugar cerca de aquí, a buen precio, dices. Por fuera se ve agradable. Te bajas para hacer los arreglos necesarios y regresas con cara de "me vas a matar". Efectivamente, con esa frase comienzas tu discurso. Me vas a matar pero olvidé la cartera en la oficina. No tengo tarjeta, nada. Ni siquiera algunos pesos. ¿Por qué no me prestas y...? Sin dejarte terminar la frase, fría, saco dinero de mi bolsa y te extiendo los billetes. Corres a pagar. Mientras, le doy gracias a todos los dioses porque de pronto, no sé de dónde, me han llegado unas profundas ganas de terminar contigo. Ya no puedo más, susurro sin que nadie me escuche. Observo tu coche (en el que ya me he subido muchas veces): un llavero barroco que en nada se parece al de mi marido, los juguetes de tus hijos en el asiento trasero, la imagen de algún santo que cuelga del espejo (seguramente te lo regaló tu esposa), una lata de coca cola a medio terminar. Todo me da horror. Todo me es desconocido.

Abres la habitación y el aire acondicionado está a su máxima potencia. Qué frío, digo, todavía enojada. Sonríes, apagas el aire y pones tu saco sobre mis hombros. La prenda huele a ti. El aroma me hace sonreír, contigo. Me llevas hacia la cama. Abres las sábanas y tocas el cobertor. Está calientito, afirmas. Me deslizo en la cama con la ropa puesta. Te desnudas y me abrazas para darme calor. Con el primer beso, vuelvo a ser tuya. Tuya por completo.

Reencuentro

Se citaron en el restaurante tailandés donde acostumbraban verse cuando eran novios. ¿Cuánto tiempo ha pasado? Prefiere no acordarse. Cuando Ella llega, Octavio está ahí. Sonriendo. Parece que la vida no lo ha tocado, apenas tiene unas canas de más, cerca de las orejas. A diferencia de antes (siempre andaba de corbata y traje), su vestimenta es informal, pero elegante. Se levanta para acercarle la silla. Como no saben si saludarse de mano o de beso, ambos buscan una excusa para no hacerlo.

Ella pide agua mineral con limón. Necesita estar sobria. Por lo menos al principio. Él ordena una copa de vino tinto, su preferido, el de siempre. Por lo visto, no ha modificado sus gustos. Ni sus manías. Acomoda, sin darse cuenta, los platos y los cubiertos hasta dejarlos perfectamente alineados. También las copas. Ella sonríe. No has cambiado nada, le dice. Y, de pronto, ambos sienten como si el tiempo no hubiera pasado. Los recuerdos llegan en cascada y los acarician, apenas rozándolos.

Ella siente la necesidad de tomar su mano y decirle que lo ha extrañado, pero recuerda que está casada y que tiene un amante del que está perdidamente enamorada. Enseguida cambia su mirada. Octavio se da cuenta de la distancia establecida y comienza a platicar sobre su vida. Se casó con una inglesa que conoció en Bangkok y ahora tiene una hija que vive con su madre, en Bournemouth. Se separaron hace tres años de manera amistosa, pero todavía no se han divorciado.

Extraña a la pequeña, confiesa, por eso tiene planes de vender su negocio para irse a vivir a Europa. Francia o España, tal vez, aunque pasará al menos seis meses en este país haciendo trámites. Después, buscará nuevos horizontes. Siempre ha sido un excelente empresario. Ojala, mientras esté aquí, podamos vernos muy seguido, pide. Ella no responde. Mejor le cuenta de su marido, le muestra fotos de sus hijos. Le habla de su vida de todos los días. Su trabajo que la hace sentir independiente, los hobbies que sigue practicando.

Evitan los temas prohibidos: su pasado y un futuro en conjunto que no puede existir para ellos. Hay algo, tal vez pequeñito, que sigue latente y no saben cómo callarlo. Ella pide una copa de vino, la misma que está tomado el señor, por favor. Él la mira con ternura, buscando alguna señal en su mirada.

Octavio, como antes, elige los platillos más sanos del menú: pescado al vapor acompañado con verduras. Ella prefiere aquello que engorda, para calmar sus ansias: cerdo en curry rojo y arroz frito. Su esposo aceptó la cita sin problemas. Confía ciegamente en Ella. Pero Él… a Él no le gustó la idea. Se mostró celoso. ¿Exceso de amor o inseguridad absoluta?

La plática llega al ámbito de la política, la situación económica, la inseguridad que se siente en el país. Octavio lleva tanto tiempo viviendo en el extranjero, que está sorprendido por el tráfico y la contaminación. Antes todo era más tranquilo, se queja. Conversan de todo y de nada, como perfectos maestros de la evasión.

Después del postre —comparten unos buñuelos de ahuyama en leche de coco—, se despiden con un breve beso en la mejilla. Ella camina hacia la salida, sin querer volver su rostro. En ese momento, siente una mano sobre su hombro y ahí están la mirada y los labios de Octavio que murmuran: Te quiero mucho. Mucho.

Vainilla

Si bien es cierto que un clavo saca otro clavo, también es verdad que el dicho no se aplica cuando uno está clavado de amor por alguien. Él presiente que, esta noche, Ella está en otros brazos (no importa de quién) y lo que más ansía es salirse de sí mismo… le queda ajustado el pecho, le queda escasa la risa y su mirada está a un parpadeo de nunca más volver.

Por eso se va con sus amigos al bar. Siente que lo ha perdido todo y que ya no tiene nada que perder. Se acerca a la barra y le pide al cantinero:

—Sírveme un tequila, pero que sea un tequila doble. Es más, dame dos tequilas dobles —agrega, viendo a la rubia de la mesa de junto, una mujer con una sonrisa que admite las palabras con las que Él adereza el encuentro. Palabras empujadas por la ansiedad de huir que la rubia recibe como si volaran hacia ella.

Mientras se van acomodando en la intimidad, los amigos comprenden que sobran. Que en esa mesa sólo hay sitio para dos. Y para el beso que se dan. Desesperado. Afanoso. Con sabor a reinventar. Desfilan el alcohol, la saliva anónima, la madrugada. Piden un taxi que los lleva al hotel. Él solicita la habitación 415 para borrar de su piel todas las sábanas que escribió con Ella. En cuanto entran, la rubia lo abraza, le arranca la camisa,

Él sube sus palmas entre los muslos generosos y ávidos pero el silencio los detiene y hasta ahí llega el afán.

Él se disculpa. La rubia se marcha sin regalarle su desnudez a un desconocido que le supo a verdad.

Él camina hacia la gasolinera de la esquina. Compra dos litros de helado de vainilla. Regresa al hotel. Enciende el televisor. Sentado sobre la cama, mira sin ver a través de la ventana: ¿Cuándo va a parar este amor? No puedo más. No puedo...

El sol tienta el fondo del cartón de helado vacío. Tienta la mejilla de Él, abrazado a la almohada.

Abre los párpados. ¿Cómo ocultarle a su esposa que no llegó a casa porque estuvo haciendo el amor con la tristeza?

Carpintería

Es verdad que un clavo saca a otro clavo; cualquier buen carpintero lo sabe. Ella lo ha comprobado antes, una y otra vez. Siempre fue noviera y siempre fue Ella quien decidió terminar. Jamás la han dejado y nunca se ha quedado sola. Tal vez por miedo a enfrentarse a sí misma.

El hecho es que Él tenía razón, Ella no quiere reconocerlo y, obviamente, no va a confesárselo. Han pasado quince días desde que vio a su ex novio, y no ha dejado de pensar en él. Pasa contra su voluntad, de manera automática. Hasta han regresado los sueños constantes que la atormentaron durante tantas noches (¡lo que provoca la culpa!). ¡Y creía que su amor ya había terminado! ¿Será cierto que los grandes amores nunca acaban o, más bien, será cierto lo que Él pensó? Que, en el fondo, lo que Ella quiere es sentir que puede amar a alguien más para liberarse, para recuperarse a sí misma y no depender exclusivamente de lo que Él le hace sentir. Quién sabe.

Su mente está más dividida que nunca. Vive y convive con su marido a diario. La verdad, lo quiere mucho. Sigue siendo madre y ama de casa. Asiste a la oficina y su trabajo le agrada, aunque últimamente no le dedica el tiempo ni la concentración necesaria. Aún así, todavía es una profesionista exitosa. Además, piensa en Él con frecuencia. Lo extraña y lo desea. Escucha su voz y se emociona hasta la locura. Quiere pintar la vida con su mirada. Sin embargo, cuando se descuida, las imágenes de Octavio le llegan discretas pero tenaces. Comienza a preguntarse lo que antes no se había preguntado. ¿Cómo hubiera sido mi vida si no...? ¿Qué habría pasado si...? Dudas inútiles que abren escenarios imposibles. Han pasado bastantes años desde que terminaron. Fue una ruptura dolorosa. El círculo no se ha cerrado y tal vez no se cierre nunca.

¿Qué fue lo que les pasó? Apenas lo recuerda. Sus tiempos no coincidieron. Cuando Octavio podía, Ella no quería. Cuando Ella quería, él no podía. Cuando ambos querían, no pudieron. Sus días y sus minutos no lograron ponerse de acuerdo. Se dieron por vencidos. Siguieron siendo amigos durante algún tiempo hasta que los negocios de él lo llevaron a vivir al sureste asiático. Regresó hace un mes y lo primero que hizo fue buscarla.

¡En qué lío me he metido ahora!, se lamenta Ella. ¿Por qué amar es tan estúpidamente complicado?

Sueño

Se despierta sudando a las cuatro de la mañana. Abre los ojos. Reconoce su recámara y el rostro con el que lleva durmiendo varios años. Suspira aliviada.

Camina hacia el altar. Al fondo, un Cristo en su cruz la recibe, doloroso. La sangre viscosa brota de cada una de sus heridas. Es de un rojo tan oscuro que parece negro. Algunas gotas caen sobre el sacerdote que oficia la misa en latín. Sobre su cabello blanco. Ella no habla latín pero, en el sueño, entiende cada palabra.

¿A qué hora preguntará eso de "prometes serle fiel en la prosperidad y en la adversidad, en la salud y en la enfermedad"? No logra ver su rostro. El hombre con el que está contrayendo matrimonio le da la espalda a un gigantesco vitral, así que su figura está a contraluz. No distingue sus facciones. Ni siquiera el color de su piel.

La misa continúa. El padre dice, mientras se balancea ligeramente de atrás hacia adelante: "La Iglesia, Esposa fiel de Jesucristo, invita hoy a estos novios a significar y participar en el misterio pascual del Señor, que dio su vida en amor y fidelidad por ella."

Uno de los asistentes tose. Ella escucha la tos pero no logra volver su vista hacia la nave del recinto.

Sigue: "El Espíritu Santo, fuente de vida, ayuda desde hoy a estos novios a entregarse mutuamente y con amor indiviso a su proyecto matrimonial y de paternidad. Con su gracia les será más llevadero el pacto de amor que hoy rubrican, manteniéndose unidos y fieles en los gozos y adversidades. El mismo Espíritu les ayudará a descubrir también su papel de colaboradores con los hijos que Dios les quiera dar. Dispongámonos, pues, a vivir este acontecimiento con fe y profundo gozo."

Ella está dispuesta a gozarlo todo, con o sin fe, pero sigue sin saber con quién está comprometiéndose de por vida. Ante una indicación del sacerdote, el hombre se acerca a Ella, toma su mano derecha. Ella observa los dedos y la palma. Es la mano de Él, eso es clarísimo. Entonces, Él le dice, con su voz de lija-terciopelo:

Yo, Octavio, te recibo a ti como esposa y me entrego a ti y prometo serte fiel en la prosperidad y en la adversidad, en la salud y en la enfermedad, y así amarte y respetarte todos los días de mi vida.

Se aleja, horrorizada. No repite las líneas que le tocan. Desea salir corriendo, pero el vestido blanco le pesa demasiado. El sacerdote enciende los cirios y en ese instante Ella logra ver el rostro del hombre que será su compañero para siempre: es el de su marido. El vestido le aprieta; apenas logra respirar. El ambiente se llena de un humo que la marea. Los invitados aplauden, emocionados. Para ser escuchado, entre tanto ruido, el sacerdote grita, a todo pulmón:

"Mira con bondad a estos hijos tuyos, que, unidos en Matrimonio, piden ser fortalecidos con tu bendición: Envía sobre ellos la gracia del Espíritu Santo, para que tu amor, derramado en sus corazones, los haga permanecer fieles en la alianza conyugal".

Ella trata de inhalar aire fresco. No lo logra. Se ahoga poco a poco. Siente náuseas. Necesita agua fría sobre su rostro. Quitarse la ropa. Salir de ese encierro. Huir pronto. Se quita el velo, desgarrándolo. También las uñas postizas. Una de sus uñas se desprende. Sangra. Su sangre es acuosa y pálida, casi rosa. El Cristo comienza a burlarse con una risa que la hiere. Algunos santos y aquella Virgen, la de la esquina izquierda, lo imitan. El novio, que es Él, su marido y Octavio, se acerca, sosteniendo un ramo de rosas blancas. Muy quedo, le susurra al oído: Despierta corazón, cálmate, despierta. Sólo es una pesadilla.

Ella se tranquiliza. Apaga la luz que su esposo encendió. Le da algunos tragos a su vaso con agua y vuelve a abrazar la almohada. Pero, antes de cerrar los ojos, escucha claramente, con la voz de lija-aterciopeladamente cachonda con que tantas veces la ha seducido:

"Oh Dios, que desde el comienzo de la creación hiciste al hombre a tu imagen y le diste la ayuda inseparable de la mujer, de modo que ya no fuesen dos, sino una sola carne, enseñándonos que nunca será lícito separar lo que quisiste fuera una sola cosa".

Omisión

Omitir es ir empacando, discretamente, tus pertenencias.

Desasosiego

Es como si de pronto el aire que sopla circulara bajo mi piel. Esta sensación: algo no está completo, o algo se quebró. Y no es mi trabajo. No. Las intrigas y las malas jugadas laborales suben y bajan como la marea. Existe una especie de luna corporativa que sale cíclicamente y, en plenilunio, causa esas mareas altas que estimulan los instintos de supervivencia oficinesca, y quienes siempre han sido los aliados de uno, súbitamente buscan un momento de titubeo para lanzarse directo a la yugular. Llevo años sobreviviendo esas mareas y, aunque sean desconcertantes, lo que repta bajo mis poros es otra cosa.

Es la manera en la que Ella me platica, esa súbita amabilidad. ¿Desde cuándo debe ser amable conmigo? Su forma de escribir "te amo" al final de nuestros chats es automática. Como cumpliendo una obligación. Y su mirada calcula el tamaño de lo que le digo y le hago. Con más curiosidad que asombro, desde afuera de nosotros. Merodeándonos. Un cambio de luz en sus pupilas. ¿Un cambio de semen, quizás? Está haciendo tiempo. Está negociando opciones consigo misma.

Duermo como ciudad con edificios derrumbados. Sueño que se me caen los dientes. Despierto inquieto. Cansado. En mi guitarra los acordes se encogen. Leo la descripción que hace Ella de su fin de semana y entre líneas me inunda el desasosiego. Me quedo varios minutos sin saber cómo responderle. O para qué. Algo enorme ensombrece el cielo. ¿Todo esto porque cenó con Octavio? "¿Exceso de amor o inseguridad absoluta?", me dijo indignada cuando no logré ser el amante ideal, el hombre que le regala libertad a su amada en cada paso, en cada beso. No pude. Se me salió la pregunta: "¿A tu marido no le importa que te encuentres con Octavio?", y fue como echarle el vino de mi copa en la cara.

Una escena de celos podría haberla enternecido, hacerla sentir que la amo como nadie y por inseguridad uno se convierte en materia endeble. Pero no, Ella se sintió cuestionada, poseída por primera vez no por mis labios ni por la cadencia con la que vierto las horas sobre su piel, sino por mi egoísmo. Mi miedo.

—No te gusta verme vulnerable —le dije.
—No me gusta que me acuses… ni que me acoses.
—Es curioso, a mi esposa le hubiera enternecido verme quebradizo de amor por ella.
—Mi esposo es un hombre seguro de sí mismo y yo no soy como Regina.

El silencio siguió a este diálogo inconexo. Fue lechuga masticada. Bocados de pastelillos de cangrejo y costillas de cordero. Un ni hablar al que me vi obligado. Hay que saber aceptarlo: cuando el corazón tiene algo qué decir, a veces en el aire flotan razones a desfavor. Y callar es el único asidero confiable.

A pesar de que nos vemos y hacemos el amor, lo nuestro parece no tener un propósito. De alguna manera pasamos de ser una causa, un movimiento, un solidario amarnos cuesta arriba, a un intercambio de cumbres cada vez más alcanzables, pero menos altas. Y no se lo puedo decir. Creí que era posible decírnoslo todo, pero está claro que no.

Esto que transita en mi epidermis es una certidumbre y no quiero admitirlo. Porque si lo admito tengo dos opciones: una, hacer como su marido, a quien no le afecta de ninguna manera que Ella se vea con Octavio. Agrandar mi criterio, ampliar la dimensión y el peso de mis testículos para que, si es necesario, Ella me compare con el exnovio. Que pruebe con Octavio los sabores que ya conoce. Que la sorprendan sus caricias y sus labios como el hecho de encontrar un sobre lleno de fotos de antaño, fotografías de momentos valiosos, pero ya vividos. Y que vuelva a mí, segura de que conmigo ser Ella es ser libre. Mi otra opción es despedirme, alejarme de lo que sueño, reconstruir los edificios derrumbados de mi ciudad, afianzarme la dentadura y volver a casa, a mi esposa e hijos con todo y alma. Dejar de ser el bulto con prisas que habita un domicilio lo suficiente como para que parezca que no se ha ido.

Ah, pero se me ocurre una tercera alternativa. De hecho, creo que es la mejor... por supuesto, ¿cómo no se me había ocurrido antes?

Get back (to where you once belonged)

¿Me siento viva porque estoy enamorada o porque estoy viva me siento enamorada? Es increíble cómo el simple hecho de cenar con Octavio me ha permitido verme desde un ángulo distante y distinto. Presenciar cómo se deslizaba el fino papel del tiempo, terso y brillante, dentro de sus ojos y ver que sigo ahí, intacta, como un borbotón de luz en su mirada, fue un regalo que no me esperaba. Estar frente a un hombre sereno, que me supo guardar y aguardar sin exigirme nada, ha sido como enjuagarme en un manantial cristalino, puro, tonificante.

Los años no pasaron por Octavio, se hospedaron en él. Su sonrisa es anfitriona de lo bueno, lo inteligente, lo próspero; y yo sé que ahí siempre tendré una habitación de lujo. Una comprueba que es más mujer que su función de esposa perenne y amante urgente. Y una aprecia, agradece y celebra que existan hombres que saben envolver el pasado y entregarlo como presente.

Es curioso, pero a veces el simple hecho de que me miren como devolviéndome la esencia, como informándome que hay riquezas naturales, minas inexploradas y horizontes que no se han conquistado dentro y fuera, es más revelador que un beso, más enriquecedor que una promesa, más embellecedor que una tarde de culminaciones y de auges.

Elegancia es la palabra que mejor describe a este hombre que eres, a este hombre que eras, a este hombre que eros. Un hombre deferente, un hambre diferente: Octavio. ¿Será que, como escribe Erma, mi confidente que vive al otro lado del mundo, más que tratarse de un hombre que volvió, eres la Octavia maravilla?

Me duermo con los labios untados por ese humectante silencio con el que te pienso.

Nombre: Orgasmo
Edad: Todas y ninguna
Domicilio: Avenida El Momento # 69, 8, 0, 1000, 415, etc.
Ocupación: Encantador de perseverancias
Estatura: Adaptable a la talla de las añoranzas
Peso: Ingrávido (superior a cualquier tonelaje)
Señas Particulares: La mirada rayada de improperios, imploros, impromptus y diosmíos
Religión: Lo imposible
Ambiciones: Cambiar de identidad en cada manifestación

¡Ay, perdón!

Él le habla por teléfono. Ella está conduciendo pero se las arregla para tomar la llamada. En los últimos tres días ha pasado algo extraño, una especie de sabotaje electrónico que les ha impedido enviarse correos y chatear. Hoy, durante la mañana, Ella le marcó unas cinco veces pero Él estaba en cierre, con su equipo, y no pudo contestar ya que, de última hora, estaban decidiendo el cambio de la portada y del artículo principal.

Se hacen mucha falta. Necesitan escucharse para reencontrar la frescura y sacudirse el agobio. Ya están acostumbrados a sus voces y a sus palabras diarias.

—¿Amor? Por fin.
—He tenido unas horas pesadísimas en la revista. A veces siento que todo está en mi contra. Después te cuento. ¡Ay, cómo me haces falta!
—Y tú a mí.
—¿Vas en el coche, verdad? Se oye mucho ruido.
—Sí, a recoger a los niños. Como con ellos y regreso corriendo a la oficina. Estamos en plena organización del evento que te conté. ¿Recuerdas?
—El lanzamiento de la nueva línea…
—… ¿deeeeee?
—No seas mala, ayúdame un poquito. Acuérdate que vivo en la luna.
—De cosméticos cien por ciento ecológicos…

—… y orgánicos y no sé qué tanta cosa. ¡Cierto!

—Te extraño. Mucho.

—Yo más, pero hoy es martes y eso significa que pasado mañana será jueves y que…

—Mmmmmmm. Te tengo unas ganas, Octavio.

—¿Cómo me dijiste?

—No sé. ¿Cómo te dije?

—¡Octavio!

—¡Noooooo!

—¡Síííííí! Qué poca madre.

—¡Ay, perdón amor! Fue un lapsus. De verdad no me di cuenta —ríe, con esa risa nerviosa que no sabe el lugar al que pertenece—. Soy una burra. Discúlpame. Se me barrió y ni siquiera sé por qué —sigue riendo.

—¿Has hablado con él últimamente?

—Para nada. Desde que cenamos juntos, ni un correo ni una llamada. Nada. De verdad. Ahora que lo menciono, es hasta raro. ¿No?

—Lo raro es que todavía no te hayas ido corriendo a vivir con tu queridísimo Octavio. La verdad, a Rodrigo y a mí nos harías muy felices. ¿Qué estás esperando?

El correo que ni loco te voy a mandar para no darte el gusto de leerlo…

…porque se me notaría a leguas lo ardido, el nudo en la garganta, lo desnudo, la cortísima estatura de mi autoestima, la sombra gigante de un pene descomunal que mata cualquier razonamiento. No te disculpes, querida, que no te equivocaste de nombre, te equivocaste de hombre. Así de simple y así de complicado, ¿ves? Y aquí estoy, sentado en el carajo, en la chingada, o donde sea que me hayas mandado con tu sonrisita de *uy, sorry,* tomándome medio vaso de coñac y medio de coca-cola sin hielos. Me tiembla la mano. Respiro como si se estuviera acabando el aire. A todo volumen, escucho: *He's a real nowhere man, sitting in his nowhere land, making all his nowhere plans for nobody.*

Les ruego a los dioses del olvido que mañana amanezca sin tu piel en mi silencio.

Cerremos los ojos

Cuando se prolonga la tristeza, las frases se cristalizan, se quiebran al primer titubeo. La oraciones se despedazan, los trozos aguijonean, perforan, punzan. Hay que andarnos con cautela al caminar, al movernos bajo las sábanas, al postrarnos sobre cualquier pregunta. Tras este lapso de verdades dolorosas, encogimientos de sueños y sobria sensatez, cerremos los ojos fuerte, amada mía, para no perder de vista las dos palabras que son nuestro camino, nuestra profundidad:

_____

_____

Nuestros lugares

Para que Él la perdone, Ella pide el miércoles libre en la oficina. A sus hijos los coloca con una amiga que los invita a comer y al cine. Necesita paciencia, algunas horas y una cámara. Lo ideal sería contratar a un taxi, para no perder el tiempo buscando dónde estacionarse, pero le saldría carísimo.

Entonces, recorre todos, bueno, casi todos los lugares en los que han estado juntos. Saca fotografías de las fachadas de unos diez moteles de paso, cuatro hoteles formales, finos, una serie de restaurantes entre los que destacan sus favoritos: el de carnes, que está en el aeropuerto, y el de la exquisita comida mexicana en el que acostumbran desayunar cuando tienen la fortuna de hacer el amor por la mañana, muy temprano. Algunas cafeterías, el cementerio donde descansa el padre de Él, la banca del camellón cercano a su oficina, el escalón donde jugaron a la ruleta rosa. Sin que nadie se dé cuenta, también toma fotos en el interior del bar en el que se vieron por primera vez, hace ya varios años. El foro de espectáculos donde asistieron a un concierto. El parque por el que, a veces, cuando la falta de luz los favorece, se atreven a caminar de la mano. Las esquinas del centro histórico en las que se han besado. La tienda de ropa y juguetes eróticos que alguien les recomendó. Su librería preferida. La iglesia a la que Él solía ir de adolescente para hacerle travesuras al sacerdote y al organista ciego. Un día, no hace tanto tiempo, fueron juntos a visitarla.

Elige las mejores tomas y corre a imprimirlas. Después, empujada por el agradable calor de primavera, va a una heladería cercana a su casa, pide una nieve de fresa y se sienta con las fotos. Detrás de cada una cuenta una breve historia, escribe una frase amorosa o provocativamente cachonda.

Ya en su casa, las mete en un sobre al que adorna con un delgado moño verde limón (el único que encuentra en el cajón donde guarda las miles de cosas que no tira porque algún día podrían servir para algo) y mete el regalo en su bolso. Enseguida, aprovechando que sus hijos todavía no regresan y que Rodrigo sigue en su despacho, toma un largo baño con agua tibia. Se reencuentra.

Sorpresa

Es jueves. Asisten a su cita. Mismo lugar, misma hora. Pero la lejanía aún es evidente. Ella deja su bolsa sobre la mesa de noche. Él enciende la televisión en un canal de pornografía. Se sientan en la orilla de la cama para observar la orgía y escuchar los falsos gemidos. No se dicen nada. Él extiende su mano y toma la de Ella. Siguen en silencio. Ella se deja caer. Su cabeza descansa sobre la colcha de flores verdes y rojas. Él besa sus rodillas. Después, sus muslos. Suavemente le quita la falda de lino blanco y la ropa interior, también blanca.

Ella se deja hacer, observando el techo. Cuando siente esa lengua experta en su centro de gravedad, cierra los ojos y gime. Pero los gemidos de la televisión apagan los suyos.

—Apaga la tele, por favor. Odio esas películas. Son tan burdas. Nunca les he encontrado el sentido.
—Shhhhh... —intenta callarla, besando su vientre.
—Es en serio. Apágala. Y ya que vas a levantarte, saca un condón que traigo en mi bolsa.
—¿Perdón? Definitivamente vienes de malas.
—¿Me pasas el condón, por fa?
—¿Estás hablando en serio? Nunca hemos usado uno.

—Bueno, siempre hay una primera vez…

—Casualmente cuando acabas de ver a Octavio… —dice Él, apagando la televisión. Sigue completamente vestido. Incluso trae los zapatos puestos.

—¿Qué insinúas? Ya te dije, al menos cien veces, que entre nosotros no pasó nada. Nada de nada. Fue sólo una cena. Debo darte más explicaciones que a Rodrigo. La verdad, es el colmo.

—¿Y el condón, entonces? ¡Ah! Seguramente es por tu esposo. ¿Con quién se metió ayer o qué?

—Qué buen chiste. Yo me responsabilizo de mi marido. No sé si tú puedas decir lo mismo de tu mujer.

—¿O sea que traes un preservativo porque probablemente Regina me está engañando con alguien y no se ha cuidado? Por favor. ¿Crees que soy idiota?

—Aquí la única idiota soy yo, por haber venido. Lo de Octavio no te deja en paz. Si no me tienes confianza, búscate otra amante. Eres insoportablemente celoso —dice, subiendo la voz y poniéndose la falda—. No traigo condón ni nada por el estilo. Era una broma. Te traía una sorpresa, un regalo para alivianarte, para alivianarnos. Algo con mucho significado. Revisa mi bolsa si quieres. Te doy permiso.

—No necesito revisar nada. ¡Es otra de tus bromitas pesadas! Cuando no estamos bien, tus bromas me sacan de mis casillas. Ya lo sabes —dice Él, casi gritando. Ella toma las llaves de su coche. Abre la puerta del cuarto. Sale, azotándola. Él se queda en su lugar, en medio de la habitación, parado. Furioso. Espera un rato. Nuevamente se sienta en la orilla de la cama. Espera otro rato. Decide buscar las llaves de su coche. Entonces, tocan a la puerta. Él abre y se hace a un lado para dejarla pasar. Ella tiene los ojos llorosos.

—¿Vienes a ofrecerme una disculpa?

—Ni muerta. Vengo porque olvidé ponerme mi ropa interior y no puedo salir así a la calle. Menos aún con esta falda.

Voltean al mismo tiempo. Sobre la alfombra, a un lado de la cama, descansan unas bragas de encaje blanco, tan tranquilas, tan campantes, como si nada hubiera pasado. Él comienza a reír. En poco tiempo, Ella se contagia. Ríen como mensos. Ríen tanto, que lloran. Se abrazan. Sus labios se reconcilian. Sus manos se reconocen.

—Entonces, ¿no traes nada debajo de la falda?

—Nada.

—¿Nada de nada?

—¿Por qué no lo compruebas tú mismo?

—Ay, amor…

¿Whisky?

Él llega tarde a la obra de teatro. La gente sale al bar durante el intermedio. Parejas y grupos de amigas se congregan ante la barra donde Él sorbe un whisky en las rocas y tiene otro listo, a manera de disculpa, para su mujer. Se para de puntas, otea y no la encuentra entre el gentío. Una mano toca su brazo. Mira una cara que lo ve con expresión de pregunta.

—¿Qué, ya no me reconoces? Llevo varios minutos parada delante de ti y ni siquiera me miras.

Le entrega a Regina el vaso con whisky.

—Disculpa, es que en la revista las cosas están patas para arriba, amor.
—¿Whisky? ¿Y desde cuándo tomo whisky?

En las entrañas

No, no es Octavio. Pero Ella no lo sabe y Él tampoco. Es que Ella cada vez lo necesita más y no quiere necesitarlo. Cada día lo ama con más locura y poquísima cordura y sabe que eso es peligrosísimo. Con cada encuentro, Ella se pertenece menos y se hace evidente que su lugar es con Él, a su lado, encima, debajo. Con nadie más, con nadie menos.

Es obvio que le urge una excusa para dejarlo; la que sea. Siente tanto miedo por dentro y sobre la piel. Un vacío tan grande en el vientre. Además, está la culpa. Recuerda una frase que algún día escuchó, de Carlos Monsiváis probablemente, sobre la imposibilidad que tienen las mujeres de pecar sin anhelar el castigo. Siente culpa frente a ambos cónyuges; ninguno se lo merece, piensa. No quiere ser la responsable de que uno o dos matrimonios se deshagan, sobre todo buenos matrimonios. No le da la gana sentirse responsable de que el mundo de los hijos de ambos, hasta ahora seguro y confortable, cambie repentinamente y no encuentren nada de qué asirse.

Por eso, sin saberlo, se está autocastigando al proponerle, por ejemplo, que dejen de verse durante un tiempo... o para siempre. Al no hablarle con palabras cariñosas, ni escribirle. Al intentar dejar de pensar en Él por todos los métodos posibles. Trata de encontrarle defectos terribles. Con uno de buen tamaño sería suficiente, pero no lo logra. Cuando invoca su imagen, su nombre o su voz, inmediatamente piensa en Octavio, buscando sustituirlo. Hace un esfuerzo por sacarlo de su mente, de sus necesidades más animales. De ese amor que se le alojó en las entrañas y se niega a irse. Necesita poseer razones, una sola, para ya no quererlo más. Para no adorarlo como lo ha adorado desde el primer momento. Encuentra muchas, pero ninguna lo suficientemente fuerte para obligarla a renunciar a una promesa de vida como nunca había tenido antes.

Ella llega al extremo, incluso, de hacer el amor con una de sus mejores amigas. Después de varios whiskys y tequilas, comenzaron las confesiones, los besos y caricias de manos suaves, cuidadas. Dos cuerpos femeninos, sin itinerario ni viento en contra o a favor. No lo planearon: sucedió simplemente. Y ahí quedó todo, entre la luz apenas insinuada de una noche de luna llena. Sin conclusiones evidentes.

Al día siguiente, con un dolor de cabeza que amenazaba quedarse para siempre, Ella se lo contó. Él rió, burlándose un poco y, enseguida le confesó que estaba tan excitado de imaginar la escena, que su pantalón no lograba ocultar la evidencia. Ella sigue sin poder sustraerse del amor que Él le prodiga. Teme perder el equilibrio que ha logrado mantener, a duras penas, desde que iniciaron su relación. Se adivina más frágil que nunca antes porque lo que siente por Él es más poderoso que su raciocinio, su voluntad, su sentido común, su inteligencia práctica.

Está absolutamente confundida. Esperando.

Indeciso

La gente me cataloga, me pone etiquetas. Que si soy complaciente, explosivo, urgente, enloquecedor, edificante, dotador de libertad, de inconsciencia, de plenilunios internos, de arco iris íntimos... Soy solamente un orgasmo y afortunadamente escapo a toda definición. Lo siento, científicos, poetas, cantantes y ladrones. Soy exactamente lo que no soy. Y en cuanto llego me voy. Venirse, correrse, díganlo como quieran. Yo simplemente quiero aclarar que en realidad soy evasivo, tímido e indeciso. Pero soy hiperactivo y perfeccionista. También soy inconforme, incoherente y contradictorio. Anarquista, iconoclasta e imprudente. No soy de la talla de nadie y las ideologías dicen lo que la piel no se atreve a decir. La religión me disfraza pero no me ahuyenta. Donde más me agrada estar es donde menos debiera. La disciplina, el método y la rutina me encogen; el azar, el misterio y el cinismo me engrandecen. Soy más capaz que posible. Efímero y constante. Siempre cómplice. No suelo quedar mal. Y las despedidas me tienen sin cuidado. Soy cuestión de segundos, de segundas y de según... se me da lo *multitasking* y hasta para llegar tarde soy puntual.

En una lengua distinta

Al terminar la cena, mis amigas se despiden, deben volver a casa, a seguir, después de tan liberadoras conversaciones, siendo esposas, madres, y algunas, también amantes.

Uma se queda un rato más. El whisky fluye fácil como la risa y las palabras. Sus ojos son verde salvaje, en su mirada hay una jungla generosa. Ahí es donde ellos se extravían cuando le hacen el amor. Uma está casada con el momento. Y con él ha tenido dos hijos y un millón de amores que no encontraron la salida.

Y ahora de pronto, Uma me enseña que la selva desemboca en el mar. Me besa porque sabe que estoy confundida, que no sé hacia dónde seguir con Él, que Octavio me sirve de refugio, que Rodrigo y que mis hijos no están y que no van a llegar hasta mañana. Me susurra que durante años se ha guardado un amor inconfesable en la punta de la lengua… y se lo confiesa a mis labios, que se abren, acomodan y acogen gustosos su declaración. Mis labios y mi lengua se enjuagan en un beso nuevo, inconsecuente pero poderoso. Estoy besando apasionadamente a Uma y no sólo eso… sus manos me desabotonan la blusa, el brasier, sus labios se posan sobre la temperatura de mi piel, de mis pezones que se yerguen. Su lengua despierta mis poros. Sus dedos deslizan mis bragas y, como si fueran agua tibia, manan y se filtran en mis entrepiernas… su rostro deposita besos suaves en mis ingles y ese camino que Él conoce y recorre y descubre con hallazgos siempre insólitos, de pronto parece nunca haber sido andado.

Uma entreabre sus labios y los moja suavemente, despacio, respirando hondo, moviéndolos de lado, abriéndolos y cerrándolos con lentitud, en la humedad copiosa. Uno de sus dedos recorre con tersura, sedoso y a un ritmo uniforme, mis espacios. Su lengua delicada y diestra me habla en lentos círculos concéntricos, sus manos separan mis muslos aún más. Sus dedos hacen hábiles intercambios de zona con tanto acierto que se funden en un quehacer que sube de intensidad, que va cobrando fuerza, velocidad… y una luz dulce, deslumbrante, cegadora, de intermitencias infinitas y destellos incalculables se enciende en mi pubis, mi vientre, mis nalgas, mis muslos, mis pezones, mi cuello… y grito para no morirme de silencio, grito para olvidar, grito para que Octavio, Rodrigo y Él se larguen de mi alma durante estas excelsas convulsiones y que mi piel sea —por hoy, porque sí, porque quiero, porque puedo, porque sé, porque debo interpretarla magistralmente en una lengua distinta.

Te lo he dado todo

—Si no te gusta, lo tiro a la basura.

—Entiéndeme, Rodrigo, no es que no me guste, es que no se me antoja.

—¿No se te antoja, o no se te antoja que se te antoje?

—No tengo ganas de comer pescado, por más sabroso que te haya quedado, como seguramente te quedó, no es lo que quiero comer.

—Sabías que iba a hacer bacalao. Te lo dije desde ayer.

—Pues no te escuché.

—No me pusiste atención, que es distinto. Julio, ¿le dije a tu mamá que iba a hacer bacalao, sí o no?

—Ya, papá, no se le antoja, por favor.

—Alfredo, tú me oíste cuando se lo dije.

—Se lo dijiste pero no quiere, ya te dijo.

—Me parece de muy mal gusto que metas a los niños en tu discusión.

—¿Mi discusión? ¡Nuestra discusión!

—No tienes por qué alzar la voz. Es muy sencillo. Sugiero que ustedes coman bacalao, yo con la ensalada tengo más que suficiente.

—O sea, tú, como siempre, en tu mundo sin nosotros. Ya lo vieron, mamá hace sus cosas aparte. Acostumbrémonos.

—Rodrigo, ya, ¡por favor, párale!

—¡No se me da la gana parar. Es el colmo que ni siquiera te integres a una comida en familia, carajo!

—No te soporto. Además de aburrido, ahora eres violento.

—¡A la basura este bacalao! ¡A la mierda este matrimonio! ¡Qué te hicimos! ¡¿Por qué te estorbamos tanto?!

—No me voy a rebajar a tu nivel. Niños, váyanse a sus recámaras por favor, papá y yo tenemos que hablar.

—¿Qué te cuesta estar aquí cuando estás aquí?

—¿Puedes dejar de gritar, Rodrigo? Hablemos sin gritos ni insultos, ¿de acuerdo? Nunca antes te había visto así.

—No sé de qué quieres que hablemos. Te estoy perdiendo. Te me fuiste de las manos y ahora te me estás yendo del corazón.

—Cuidado con lo que dices. Yo que tú medía bien mis palabras. Te puede salir caro el berrinche.

—¿Salir caro? Qué, ¿me vas a demandar y dejarme en la ruina? Te lo he dada todo, TODO.

—Me has dado mucho… tanto como yo te he dado a ti. Pero te recuerdo que soy autosuficiente. No necesito que me des nada.

—¿Qué te pasa? ¿Por qué ya no me amas? ¿Por qué ya no te caliento? ¿Quién te está sabiendo emocionar? Hay algo, lo siento aquí en las tripas… Tú estás enrollada con alguien por ahí. ¿Pero sabes qué? Un día sabré de qué se compone el aire que se respira en nuestra habitación. Al final me voy a enterar. Cuenta con eso. Desgraciadamente te amo. Y daría lo que fuera para que ya no me importaras. Dime una cosa: ¿será necesario que contrate a un detective?

—Mejor contrátame un amante. Un hombre que sepa dejarme ser.

En vaso o en copa

—¿Quieres un vaso de vino?

—¿Quisiste decir una copa?

—No, dije un vaso.

—¿Me estás ofreciendo un vaso de vino?

—No te lo estoy ofreciendo, te pregunté si lo quieres.

—¿Y por qué un vaso?

—¿Prefieres un plato de vino?

—Prefiero una copa. Como toda la vida, una copa de vino.

—Pues hoy ofrezco vaso de vino. Si lo quieres, te lo sirvo.

—Si quisiera una copa de vino, me la sirvo yo.

—¿Y por qué no un vaso? El vino se consume en vasos o en copas.

—Porque no me apetece tomármelo en un vaso, como si fuera un refresco.

—¿Y no te gustaría aventurarte por hoy y tomarlo en vaso? En Francia, el vino de mesa se sirve en vasos pequeños.

—No lo quiero en vaso.

—¿Ya no tienes espíritu aventurero?

—Mas allá de que se trate o no de una aventura, me parece rarísimo que me ofrezcas un vaso de vino.

—Y a mí me parece raro que te parezca raro, siendo que te gustan los cambios y las aventuras.

—¿Qué insinúas?

—Que obviamente estás en algo que cada vez nos distancia más. Y no es tu trabajo.

—No estoy en nada, Regina.

—Dices la verdad, no estás en nada y menos aún en esta casa.

—Llevo a Marisa al psicoanalista todos los miércoles y a Mauricio a sus clases de esgrima los martes y los viernes. Los sábados me voy con los dos al club y los domingos al cine. Cuando nuestras agendas lo permiten, tú y yo cenamos y si la música está de nuestro lado, bailamos. ¿Eso es nada?

—Es nada desde que los jueves jamás te apareces antes de la media noche. ¿Qué casualidad, no?

—Los jueves tomamos las decisiones editoriales importantes, y como editor de la revista principal, me toca coordinar, delegar, revisar y aprobar.

—El jueves es tu día de todo. Los demás días, son de tus días de nada. Si hubiera sido jueves, habrías aceptado el vino sin cuestionar el vaso.

—¿Puedo seguir leyendo sin que me expliques en quién me he convertido?

—Haz lo que quieras. No te voy a explicar nada, solamente diré que te has convertido en uno de esos edificios que por más que intento restaurar y proteger, se está derrumbando irremediablemente.

Finales

Si los amores prohibidos son tan dolorosos, tan difíciles, si hacen tanto daño, si no son aprobados por las reglas sociales, si atentan contra cualquier razonamiento y mil etcéteras, ¿por qué, entonces, son tan comunes, tan deseables, tan de todos los días?, se pregunta Él mientras asiste a una conferencia sobre un tema al que, obviamente, no le está haciendo caso.

Mientras tanto, Ella está sola frente a su televisión, viendo una película italiana sobre el adulterio en la que todas lloran, todos gritan, todos pierden. ¿Cuántas novelas, cuántas películas, cuántos ensayos se han escrito y filmado sobre la infidelidad? ¿Por qué los seres humanos tendremos un excesivo interés en este asunto?

Él piensa, mientras alguien le hace una pregunta al conferencista, que generalmente, en el mundo de la ficción, las historias de adulterio tienen finales si no abiertamente trágicos, al menos muy tristes. Llenos de lágrimas y arrepentimientos. Traiciones. Rupturas. Insultos. Aparentes perdones que se quedan como amenazas calladas.

Ella ve a la familia italiana que está afuera de terapia intensiva, esperando a que el padre, al que atropellaron cuando salía a ver a su amante, despierte. Estuvo grave, pero se está recuperando. ¿El accidente fue un castigo divino por haber cometido un pecado? La amante lo esperó en el hotel durante más de cuatro horas. Está desesperada; no sabe por qué no ha llegado a su cita. ¡Cuántas historias así que se repiten y se repiten y se repiten!

¿Será por todo esto, piensan ambos, cada uno en su pequeño lugar del universo, que hombres y mujeres se la pasan huyendo de sí mismos? ¿Será por temor a enamorarse de la persona incorrecta (o muy correcta) que se refugian en la ficción, en las fantasías, en un par de tequilas o en una pequeña pastilla color naranja?

Nos estamos poniendo moralistas, concluyen. Así que mejor Él trata de concentrarse en el discurso que continúa, algo sobre las publicaciones electrónicas y la globalización, y Ella vuelve la mirada hacia el aparato de televisión. La película está a punto de terminar y todo indica que tendrá un final relativamente feliz... si es que el hecho de que todo regrese a la normalidad y las familias aparentemente felices sigan siendo aparentemente felices se considera un final aceptable.

Negros.

Música melancólica.

Créditos.

La Reconquista

Basta de lecturas de mano, de café turco, de consultar al horóscopo, de leerme mi carta astral, basta de habitar el miedo, la inseguridad. Basta de suplicarle a la suerte, al karma, al tiempo, de preguntarle a los borrachos, a los taxistas.

Él toca el fondo de su tristeza cuando la rumana le pide que le traiga un sobre con cinco mil pesos y una docena de huevos recién comprados.

La bruja rumana y sus dos hermanas lo encaminan hacia a un cuarto oscuro. Antes de pasar, Él advierte a dos rumanos viendo un minúsculo televisor al final del pasillo. Ambos lo miran con cara de dueños del negocio. Una de las rumanas enciende cuatro velas blancas. Le piden que tome asiento sobre un banco. Ante Él hay una mesa y la bruja principal que se acomoda. Cada una de las hermanas le toma una mano pidiéndole que afloje el cuerpo. La bruja recibe el sobre y le dice:

—Este dinero tiene un destino: veinte brujas blancas desatarán con sus oraciones los nudos que te impiden moverte y conquistar tu porvenir... Pon tu mente en claro. Piensa únicamente en la forma en la que arde el pabilo de esta vela. Voy a mover este huevo sobre tu aura. Aquí se revelará el motivo de tu problema.

Mientras la bruja pasa el cascarón sobre la cabeza, los hombros y el rostro de Él, las hermanas cantan un lamento grave en su idioma natal. A lo lejos se oye la tos carrasposa de uno de los dueños y el murmullo de un partido de fútbol en el televisor.

La bruja muestra sus córneas venosas. Musita en rumano. Los lamentos de las hermanas van subiendo de intensidad. Ellas mueven los brazos de Él de arriba abajo. La bruja suelta un pujido. Tiembla. Las hermanas callan por completo. La adivina toma un plato hondo, quiebra el cascarón y las tres mujeres sueltan un grito de horror.

—¡Ahí está, es *drácul*, oh, no, *drácul*, el demonio mismo! ¡Esto es muy grave!

Él llega a ver cómo, de entre los dedos gordos de la bruja poseída, emerge un rostro diabólico de plástico que acomoda lo más rápido posible dentro de la yema del huevo haciendo escandalosas y escalofriantes declaraciones para distraer su atención. Las tres rumanas vociferan y tiritan, ojiblancas. Afuera, al fondo del pasillo, los dueños gritan ¡gol!

Él ve que la bruja advierte que se dio cuenta del truco; y ahí es cuando entiende que ha tocado fondo. Que ha llegado al punto más bochornoso de su tristeza.

Rápidamente, las rumanas estentóreas vierten el contenido del plato en una bolsa de plástico.

—¡Hay que quemar esto… *drácul*, es *drácul!*

Pero para su mala suerte, el pequeño rostro de hule cae sobre las piernas de Él. Cae boca abajo y en su reverso hay una fina inscripción: "Made in China". Una de las rumanas lo aleja de un manotazo.

Él finge agradecimiento por decencia, por si las brujerías y porque los dueños tienen cara de ajustar, encarecer, aparecer y desaparecer lo que vaya pidiendo el negocio.

En la calle, con el viento fresco en el rostro, se siente estúpido y libre. Comprende más que nunca que lo único que debe hacer es reconquistarla a Ella. Recuperarla como su dueño ilegítimo. Como el hombre que nació para robársela. Fragua el plan. Pero necesita cómplices. Los contacta y les explica.

Y es así como un miércoles en la tarde, Macarena, la asistente de Ella, entra en la oficina para decirle que el señor Córdoba, su jefe, le ha pedido que vaya al aeropuerto a recibir a un cliente importante. Que se trata de una emergencia.

—Pero ese no es mi trabajo. Yo no tengo por qué recoger clientes en el aeropuerto. Voy a aclarar esto con Ramón ahora mismo.

—No es necesario, me pidió de antemano que lo disculpes. Que a él le correspondería ir personalmente, pero que no puede y confía solamente en ti para ello. Hay un coche esperándote. Debes irte ya, que el vuelo está por llegar. Te acompaño.

Ella marca su teléfono celular pero una grabación le dice, a manera de disculpa, que el servicio ha sido interrumpido temporalmente. Macarena la distrae con una lista de asuntos pendientes.

Después de media hora, llegan al aeropuerto. El chofer las deja ante la puerta de "Llegadas". Caminan apresuradamente. La asistente se detiene. Ve a su jefa a los ojos y le sonríe:

—Espero que no me corras por esto. Mira a tu izquierda, te están esperando. Suerte. Nos vemos el lunes.

Ella se vuelve y lo ve a Él, con dos pequeñas maletas y dos boletos en la mano. Él se acerca, esbozando lentamente una sonrisa.

—¿Qué haces aquí? ¿Qué pasa…?

—Nos vamos a casar, querida. Todo está arreglado. Nuestro vuelo sale dentro de dos horas.

—¿Estás bromeando? Tengo una familia y un jefe a quienes responderles…

—Te repito, todo está arreglado. Vamos al bar un momento.

Piden dos Macallans en las rocas. Pero antes de que Ella se pueda llevar el suyo a la boca, Él la besa profundamente.

—Te estoy robando. Voy a explicarte brevemente el plan y por qué no debes preocuparte.

En las pupilas de Ella se enciende una chispa mientras sorbe su whisky y lo escucha.

—He debido confesarle nuestro amor a Macarena. Debo admitir que si no fuera por ti, me enamoraría de ella. Es un encanto y, como nosotros, una romántica perdida. La llevé a desayunar para contarle todo: cómo nos reencontramos, le puse las canciones que te he escrito… en fin, le propuse que se convirtiera en mi cómplice y aceptó. Le prometí que nunca la vas a correr, pase lo que pase. Y que si acaso la llegas a despedir, yo la contrato. Ella ha solicitado, desde tu computadora, dos días de vacaciones. Le escribió a Ramón, es decir, le "escribiste", informándole que necesitas dos días "personales" y que por favor no lo comente, pues se trata de algo que no quieres que nadie se entere, y borró la respuesta de Ramón de tu bandeja para que no la vieras.

—¿Y mi marido?

—A Rodrigo "le comunicaste" que vas a estar fuera hasta el domingo debido a un asunto de trabajo que Ramón te ha pedido, confidencialmente, que cubras en su ausencia.

—¿Puedo leer el correo que "escribí"?

—No sólo puedes, sino que debes leerlo.

Él le muestra el texto en su teléfono celular.

—De cualquier manera, en este instante le voy a llamar por teléfono.

Ella le da un trago largo a su whisky y marca.

—Voy un momento al baño. Te dejo para que hables a gusto —dice él, levantándose.

Al volver, Ella se ha terminado su whisky y el mesero le trae otro.

—¿Todo bien?

—Demasiado bien, pero si a mi esposo se le ocurre llamarme, se nos cae el tinglado, ¿no?

—De ninguna manera, mi amor. Este sitio al que vamos ofrece, entre otros servicios, el de adaptarse a las necesidades de sus clientes. Entregan facturas corporativas y profesionales. La mayoría de sus clientes son hombres que van a pasar unos días acompañados por hermosísimas e internacionales damas de compañía, y la minoría, parejas como tú y yo, que necesitan guardar las apariencias en todo momento sin dejar rastro alguno.

—Estoy absorbiendo el shock todavía, pero creo que te escuché decir que nos vamos a casar...

—Así es. Vamos a pasar cuatro días en el paraíso.

Ella siente súbitamente cómo le regresa a las venas el mar infinito que solo Él ha sabido regalarle. Se besan intensamente. Ríen sin censura. Se recuperan a sí mismos.

—Al único que no se me ocurrió escribirle algo fue a tu amigo Octavio. *Sorry.*

—Eres un grandísimo hijo de puta y por eso te amo con toda mi alma aunque no te quiera amar.

—Vamos, amor, ya es hora de abordar.

Jai Guru Deva Om

Volar. Aprender a remontarnos con los brazos extendidos y nuestras manos entrelazadas. Tú praderas y montes, yo ave sobre tu espalda. Soltar mi cuerpo, abandonarme a la cadencia de un ritmo proveniente del viento que fue olas y se recuerda en nosotros. Cambiar. Extender nuestros sentidos hacia un espacio sin límites, una inmensidad sin fronteras. Rebasar los contornos de lo cotidiano para nunca convertirnos en moldes. Vincular. Irnos, por convicción cósmica, de los asideros, los pasamanos, los picaportes, las sogas, las ideas, las tejas y las piedras con las que construimos las guaridas que nos resguardan de las estrellas, la lluvia, el arcoiris, el rocío y la luz. Fluir. Respirar con la piel, expandir la voz hacia colores nuevos, tocar el universo con notas largas: somos melodía que navega el instante sin romperlo, sin rebasarlo, sin esquivarlo, sin comprenderlo, sin abordarlo, sin percibirlo. Regresar. Dos cuerpos desnudos desplegados sobre una cama blanca en un lugar del mundo que es solamente de ellos.

—¿Estás lista?
—Lista, amor.
—Te ves más bella que siempre.
—Porque hicimos el amor como nunca.
—Yo siento que esta fue nuestra boda.

—Definitivamente fue nuestra fusión. Se necesita una palabra nueva para describir la forma en la que amanecimos.

—La mencionan tus ojos.

—Los tuyos la cantan.

—¿Vamos?

—Vamos.

Él y Ella entran al templo: una cabaña de bambúes altos y finísimas sedas con peces y aves impresos. Colores cálidos en una atmósfera sombreada e iluminada con velas. Varas de incienso ardiente, discreto y aromático perfuman tenuemente el lugar. Más que un estado de luz, de espacio o de aroma, la mesura y la gentileza con la que se ha construido el santuario, representan un estado de gracia. El Gurú Deva da un par de pasos hacia ellos. Los mira a los ojos. En absoluto silencio se interna en sus pupilas y ambos se dejan mirar sin pensar, sin cuestionar, sin premeditar, sin imaginar. En los tres rostros se esboza poco a poco la misma sonrisa.

—Me gusta ver el agua nítida, el cielo claro y la pureza de luz que hay en ustedes. Que son ustedes. Yo no creo ni promuevo ni predico la palabra amor. Yo creo en las palabra invisibles e impronunciables que animan el permanente estado de cambio de esas cuatro letras. Yo quiero unirlos en un eterno desconocimiento. En un perenne encuentro. En una infinita recién llegada. Yo los uno, hoy, ahora, en un aquí más acá de todos los muros, las barreras y las sombras. En un ustedes, un nosotros, un Él y un Ella, más yo que cualquier otro individuo, más esencia que cualquier otra presencia y más unidad que cualquier otra cantidad. Les entrego estas pulseras donde viene tejida en sánscrito, la palabra que les regalo y a la que ustedes se regalan en un intercambio perpetuo de recibir y de dar: "Anuraga". Explica el libro: "Aunque la persona se encuentra regularmente con el amado y lo conoce bien, el sentimiento siempre nuevo de intenso apego hace que a cada momento se experimente al amado como si nunca antes se hubiera tenido ninguna experiencia con esa persona. Anuraga es el apego que inspira ese sentimiento".

El Gurú Deva choca con fuerza sus palmas y entran al recinto tres mujeres y tres hombres hermosos, despojados de toda vestimenta, cantando *a capella* y en perfecta armonía una tonada nostálgica y al mismo tiempo alegre e infantil. Ella y Él miran cada molécula de luz única e independiente y se reciben y se dan en un beso más hondo y más largo que todas las leyes humanas.

Vuelo de regreso

—Nunca me has dicho cómo te conquistó Rodrigo.

—No me conquistó. Su manera de ver el mundo fue lo que me sedujo. Una tarde, nos detuvimos a comprar un helado. Y le dije que la ciudad me estaba agobiando. En ese instante, me pidió que mirara la fachada de la heladería y me explicó por qué estábamos ante una joya arquitectónica. A partir de ahí, me abrió los ojos y encuentro belleza donde antes había piedras. ¿A ti qué te gustó de Regina?

—Su manera de bailar. Pase lo que pase, cuando bailamos somos socios de una manera líquida. Si todo fuera tan sencillo como bailar...

—¿Y de mí qué te atrajo?

—Que en el momento en el que te volví a ver, sentí que estaba ante mi vida intacta, lista para desenvolverla.

Antes de aterrizar

Falta media hora para llegar. Él cierra el libro que está leyendo sobre la vida de Keith Richards, y le pregunta:

—¿Estás dormida?
—No amor, escuchaba música —responde, quitándose los audífonos.
—Los Beatles.
—Esta vez, no. Tenía ganas de oír un concierto para piano y orquesta de Beethoven, que me encanta —apaga su iPod.
—Me quedé con una duda.
—¿Cuál?
—¿Tú por qué te enamoraste de mí?
—Mmmm…. Por tantas cosas. Primero, por tu mirada. Está llena de luz juguetona y es de una profundidad impresionante. Cuando me ves, al mismo tiempo me inyectas energía, ganas, vida y una tranquilidad absoluta. También adoro tu voz de lija-terciopelo y creo que te lo he dicho hasta el cansancio.
—Nunca me voy a cansar de oírlo, así que puedes seguir diciéndolo.
—¡Vanidoso! En segundo lugar, me atrapó tu olor. En el momento que pusiste tu saco sobre mis hombros, para protegerme del frío, me di cuenta, por tu aroma, que eras mi pareja natural.
—Todavía tengo el saco, aunque casi no lo uso.

—No vayas a tirarlo nunca. Después, me fui dando cuenta que vemos la vida de la misma manera, desde el mismo lugar. Contigo las cosas fluyen de forma tan fácil. Me nace contártelo todo, no guardar secretos. Realmente estoy convencida de que viviríamos muy a gusto y muy en paz y muy felices juntos.

—¿Tienes bien ajustado el cinturón de seguridad? Estamos a punto de aterrizar.

—Sí, amor. Además, admiro tu capacidad de trabajo, tu entrega, tu compromiso. Eres un magnífico padre y un excelente hijo. Un hombre profundamente tierno y, al mismo tiempo, me das mucha fortaleza. ¿No piensan venir por los vasos? El mío todavía tiene whisky. ¿Dónde lo pongo?

—Tómatelo. Son tres traguitos.

—Pero ya no se me antoja —responde Ella y, entonces, Él bebe el resto de la bebida, que ya está tibia, y la ayuda a poner la mesita en su lugar.

—Aunque, si soy sincera, lo que más más me gusta de ti, soy yo.

—¿Perdón?

—Sí, cuando más me siento yo misma, cuando creo que soy mejor persona, más plena, más creativa, más alivianada, más cachonda, más mujer… es cuando estoy contigo.

Mensaje

Ella le escribe, en cuanto se sube al taxi, después de una tristísima despedida en el aeropuerto.

Ella:
Siento que ya no puedo respirar sin ti.

Él:
Ay, amor, ya somos dos… porque ya somos uno.

Psicoanalista

—Dime, Marisa… ¿Qué es lo que más te gusta hacer?

—Ir al cine con mi papá.

—¿Me quieres contar por qué?

—No.

—¿Me quieres contar algo?

—…

—¿Qué es lo que más te gusta hacer con tu mamá?

—M… verla dormir.

—¿Por?

—Porque no se ve preocupada.

—¿Se preocupa mucho tu mami?

—Siempre le pasa algo.

—¿Le has preguntado qué le pasa?

—No.

—¿Por?

—Porque me va a decir que nada.

—¿Y qué crees que le pase?

—Que se le olvidan las cosas.

—¿Como cuáles?

—Como sonreír.

—¿Tu papi sonríe?

—Sí.

—¿Cuántos amigos tienes?

—¿Amigos?

—O amigas.

—Ninguno.

—¿Tu hermano, tus primos, tus compañeros del colegio? Esos también cuentan.

—No.

—Muchos niños tienen amigos invisibles. A tu edad yo tenía una. ¿Tú también?

—Yo tengo una enemiga invisible.

—¿Cómo te fue con la psicoanalista, amorcito? —le pregunta Él al salir del consultorio.

—Bien.

—No te siento muy convencida.

—Es medio aburrida.

—¿Por qué?

—Porque es psicoanatonta.

Eres para mí

Ay, amor. Me llevaste al paraíso. Fueron cuatro días y tres noches de verdadero gozo. ¿Por qué la felicidad absoluta no puede durar para siempre?

En este fin de semana, llegué a conclusión de que te manufacturaron exactamente a mi medida. Tus pupilas, cuando se quedan fijas, caben perfectamente dentro de las mías. Mis manos se acomodan en las tuyas de una manera mágica. Nuestras líneas de la vida embonan, se complementan cual dos piezas del mismo esquema. Tu voz de lija-terciopelo está hecha para mis circunstancias. En tu fleco, juguetón, se balancea mi sentido del humor sin perder el equilibrio. Son para mí tus gustos y tus ganas. Mis risas encuentran a tus silencios y conversan. Se ponen de acuerdo. No hay ángulo, redondura ni hueco desperdiciado entre nuestros cuerpos. Saben moverse juntos, dejarse llevar por la intensa marea. Tu lengua y la mía se enredan y desenredan sin darse razones. Sonriendo, cómplices. Nuestras pieles hablan el mismo dialecto, cantado, sin límites. Y nuestra imaginación creadora de sueños y mentiras lleva años fabricando la más increíble historia de amor.

Desesperada

Hay días en los que Ella se despierta con el ánimo a mil por hora, no se desespera cuando sus hijos — como todas las mañanas— no se quieren levantar para ir a la escuela y hay que arrearlos cual ganado. Hace ejercicio. Se baña mientras canta música de los sesenta. Se arregla, llena de energía y, al mirarse al espejo, ve a una mujer guapa o, al menos, atractiva. Llega puntual a su oficina y las cosas con sus subalternos y sus compañeros fluyen de maravilla. Le llama a su esposo durante el día para saber cómo va todo y decirse algunos: te quiero. Contesta correos y está en contacto continuo con Él, que forma parte imprescindible de sus minutos. Se lo cuentan todo y se sienten profundamente unidos.

Otros días, como hoy, Ella abre el ojo y lo cierra inmediatamente. No quiere despertarse. Después de haber estado en el paraíso, los dos solos durante más de ochenta horas completas, regresar a la realidad es un golpe mortal. Las citas, los horarios, las peleas de sus niños la abruman. No se siente capaz, ni siquiera, de elegir el menú de la comida. La lista de pendientes que la espera en su oficina es una hidra de numerosas cabezas que exige ser alimentada. Está con su esposo y discuten a la menor provocación. Come de manera ansiosa; se repleta de lácteos y carbohidratos. Olvida la dieta. No escucha música. Oye la voz de Él, a la que adora, y comienza a planear de qué manera dejar de amarlo.

Tu voz

Extraño tu voz porque sabes mirarme con ella. Sabes cobijarme con ella. Sabes regalarme momentos en el mar con ella. Nadie me había visto a través de sus palabras. Nadie me había sabido desnudar con su silencio. Nadie había pintado mis horas con la psicodelia de su voz.

Sólo tú, cuando me hablas, sabes colorear un nuevo yo.

La palabra

Se reencuentran, hablan con la boca llena de primavera. Dialogan con las pupilas colmadas de arcoiris. Ríen con los pulmones henchidos de complicidad. Gesticulan con las manos dadivosas de porvenir y, en un abrir y cerrar de sueños, la carne pide la palabra...

Qué solos se quedan los muertos

¿Vuelve el polvo al polvo? ¿Vuela el alma al cielo?
¿Todo es vil materia, podredumbre y cieno?
¡No sé; pero hay algo que explicar no puedo,
que al par nos infunde repugnancia y duelo,
al dejar tan tristes, tan solos los muertos!

GUSTAVO ADOLFO BÉCQUER

Me robé la tarde, inventé en la oficina una cita con el médico. Te robaste la tarde, dijiste que tenías una emergencia familiar. Y aquí estamos, en el panteón, paseando entre la quietud melancólica y serena de las sepulturas. Tus pasos y los míos sobre la arcilla roja. Nuestras manos enlazadas. La mayoría de los epitafios son tristemente impersonales, pero a veces sobresale alguno con vida: "Babeó, bebió, bobeó y vivió".

Caminamos por las explanadas. Enormes sauces llorones desfilan en una quietud armónica, los pájaros trinan bulliciosos, un jardinero poda los arbustos que adornan un mausoleo, más adelante un bulto de tierra fresca sobresale, la fecha en la tumba recién colocada indica que se trata de un joven de veinte años de edad: Eduardo Zimbrón, y el epitafio: "Imagine there's no Lalo".

Ahí está, llegamos a donde yace mi padre. Recargas tu cabeza sobre mi hombro. Compartimos el silencio. Me inclino a recoger una de las piedrecillas de río que adornan la superficie bajo el mármol que contiene el nombre y las fechas de nacimiento y muerte de mi progenitor. De mi querido, distante, problemático y sufrido papá. ¿Por qué no pudiste gozar la vida? ¿Por qué, si aparentemente lo tuviste todo, familia, éxito, amigos y salud, viviste con tanto miedo, tanto rencor, tanta ansiedad?

  —¿Y por lo menos murió en paz? —me preguntas.
  —No. Se suicidó. Le costó mucho arrancarse la vida de la piel, de la mirada, de los huesos.

Acaricias mi brazo. Lo estrechas con cariño.

  —Fue un suicidio que le ocupó todos y cada uno de sus días. No sé qué le costó más trabajo, si vivir o morir. Curiosamente, mi madre dice que hay alguien que le deja flores aquí en su tumba.
  —¿Alguna amante?
  —No lo sé. Quizás murió por no atreverse a vivirla. Por no dejarnos e irse con ella. Ni idea.
  —Muerte por omisión.
  —¿Será? ¿A dónde van quienes mueren por no atreverse a vivir?
  —Al olvido… supongo.

—Pero igual lo quise mucho. Lo quiero. Desde un sitio dentro de mí que no obedece a ningún razonamiento. Lo quiero porque lo quiero. Y afortunadamente se lo dije. Sus ojos pícaros y compungidos me contestaron desde allá, desde atrás de todos las cajas, los sobres y los paquetes llenos de vida que nunca se arriesgó a desenvolver... que él también me quiere. Y con eso me quedo. Además me dio el regalo más grande que he recibido.

—¿Qué te regaló, amor?

—Cuando estaba en su lecho de muerte, una de las veces que le dieron la extremaunción, le pregunté si había algo que yo debiera cambiar o hacer para que él pudiera morir en paz... y me dijo: "Sólo te pido una cosa, hijo: que sigas siendo exactamente como eres". Murió al año siguiente. Pero ésa fue nuestra despedida. Me regaló la paz conmigo mismo.

—¿Sabes que te amo?

—Yo también te amo.

Caminamos hacia una banca, al final de una de las explanadas, ubicada entre dos sauces llorones. Tomamos asiento sobre la losa entibiada por el sol. Comprobamos que en un beso cabe toda una vida. Tanta, que mis manos se resisten a que se nos vaya. La van atrapando donde más abunda, poco a poco, bajo tu falda... mis yemas llegan, tientan ese manantial que somos, tus manos desabotonan mi cremallera... hábilmente, te sientas sobre mí, tu cabello en mis labios, entro a ti, a lo nuestro, entro hasta el fondo... mueves las caderas de lado a lado, discretamente, tu nuca sobre mi cara, mis manos en tu cintura. Los pájaros trinan, se escuchan, lejanas, las tijeras que podan un arbusto, y el silencio profundo de todos los muertos acude a tu boca que chilla y a mis labios que bufan babeantes sobre tu blusa.

Paulatinamente revivimos. Nos reincorporamos. Nos dirigimos hacia la salida del cementerio. Tenemos hambre, como siempre, después de depositarnos el amor.

Al pasar por la tumba de mi padre advertimos, sorprendidos, que, recién colocada, hay una docena de rosas rojas.

La vida es mañana

La vida es hoy, dicen los que saben. El tiempo transcurre demasiado rápido, así que más vale disfrutar cada instante, afirman los que han experimentado suficiente. *Carpe Diem*, pronuncian los sabios. Pero *nuestra* vida es mañana, aunque nos duela y queramos apresurar su llegada.

¡Qué trabajo nos ha costado aprender a expresarlo todo en futuro! "El día... Cuando podamos... En el momento en que nos sea posible viajar a...". Pasamos las horas imaginando lo que haríamos si viviéramos juntos, si compartiéramos casa, cama y regadera. Una antojable vida cotidiana. Si lográramos hacer planes que no dependieran de la agenda de Rodrigo o del humor de Regina.

Bueno, también tenemos nuestros "presentes". Si nos va bien, nos vemos los jueves. Hemos logrado escaparnos de fin de semana al menos cinco veces en estos años. Inclusive, acabamos de "casarnos". No poseemos un álbum de fotos, porque sería equivalente a guardar la evidencia de un crimen, pero tenemos mil, dos mil imágenes virtuales de nuestros encuentros archivadas en la memoria personal: es asunto de cerrar los ojos y convocar la tarde en que caminamos por el parque, de la mano, y entramos a esa librería. El día en que comimos unos langostinos al ajillo, en un restaurante del centro de la ciudad que lleva décadas atendiendo a sus comensales. O los chilaquiles verdes del restaurante en la esquina frente a nuestro hotel favorito. El concierto de rock al que asistimos juntos, rememorando nuestra adolescencia.

Pero, en suma —y no hay manera de negarlo—, la vida que deseamos, con la que fantaseamos, es mañana. Y no sé si alguien te lo haya dicho, no sé si lo adivines o lo sepas, pero el mañana no ha llegado.

Conversión

Le dice Él a Ella, en uno de los silencios de su memoria:

Te has convertido en lo que más me gusta hacer, sentir, soñar y crear.

Fernández

—El poco afecto con el que llegas a esta casa, se lo das al perro —le reclama su esposa, mientras Él acaricia la cabeza de Fernández, un mini schnauzer de tres años.

—No empieces. Hoy no. Tuve un día insufrible, así que por favor ten piedad.

—Mmmmmmm.

—Mmmmmmm, ¿qué?

—Es obvio que estamos a años luz de distancia. Ya no es lo mismo. Antes, al menos éramos cómplices y buenos amigos.

—Fernández es el único que viene a saludarme con gusto cuando regreso a la casa. Ni los niños, que de niños ya no tienen nada…

—Están entrando a la adolescencia, ¿qué esperabas? ¿Y acaso quieres que yo te abra la puerta moviendo la cola? —pregunta con una ironía rara en ella.

—No sigas o vamos a acabar mal.

—Ya acabamos mal. Precisamente ese es el problema pero pareces no notarlo —comienza a alzar la voz. Él se da la vuelta y sube las escaleras. La deja hablando sola, quejándose sola, desconstruyendo su matrimonio sola.

Regina se queda abajo y llora. Llora de verdad, no para llamar la atención ni para sacarlo de sus casillas. Lleva mucho tiempo presintiéndolo pero no ha querido enfrentarlo. Entra a la cocina y se prepara un café muy fuerte. Le hace falta una buena limpieza al azulejo, piensa, y recuerda los anuncios televisivos de productos mágicos. De recién casada, cada semana compraba uno distinto hasta que supo lo que son las promesas falsas.

Lo quiere, lo quiere mucho. Forman un buen matrimonio aunque es cierto que cada vez comparten menos cosas. Han dejado de esforzarse y la rutina los está arrastrando. Su historia no tiene nada de original. Al igual que el amor, el desamor es un lugar común inevitable.

Antes lo acompañaba a la mayoría de sus compromisos, era más solidaria y presente. Ahora prefiere quedarse en casa, a lo suyo. Se ha convertido en una mujer egoísta.

Discuten por cualquier excusa y sin ella. Con razones o por las puras ganas de enfrentarse. No controlan su intolerancia; podrían hacerlo, quedarse callados cuando saben que lo pronunciado provoca, pero no se les da la gana.

Últimamente, Regina ha repetido más "te lo dije" que nunca. Él se enciende, se siente agredido cuando trata de controlar su vida o de demostrarle que la inteligente es, supuestamente, ella. La señora perfecta que difícilmente se equivoca. La que tiene los pies en la tierra y, por lo tanto, siente el deber de darle instrucciones.

¿Qué he hecho mal?, se pregunta por primera vez, tomando un sorbo del café, que se ha entibiado. Adora el café hirviendo, pero se sentó en un sillón de la sala y no quiere volver a levantarse. Pensé que teníamos la suficiente imaginación, complicidad y agudeza para no dejar que, lo que les pasa a todos, nos sucediera a nosotros. Qué patéticamente humanos somos. Debería hacer algo… Pero se siente muy cansada.

Coloca la taza, medio llena, en la mesa de centro de la sala, al lado de un libro de arte sobre la obra erótica de Schiele. Sube hacia la recámara. Tiene sueño. Sus reflexiones deberán esperar hasta mañana.

El café se queda solo y frío. Frío y solo. Como ella.

El gruñido

Él entra a la habitación de su cónyuge. Lleva mucho tiempo de pensarla como Regina y no como su esposa. Mira su cama perfectamente ordenada. Un espacio habitado por los presentimientos y las cada vez más largas vigilias de una Regina que no sabe cómo acomodar, en la almohada, la distancia abismal que la separa de Él. Y no es porque duerman en habitaciones separadas, como le han advertido sus amigas: "Quien despierta sola, sueña sola". No, llevan años de dormir cada cual en su recámara y eso nunca fue un inconveniente. El problema es que la mirada de Él ya no destella futuro, que en sus sonrisas ya no hay alegría y sus brazos ya no reparten ternura. Para los niños la hay, pero es otro tipo de cariño, del consanguíneo, que nada tiene que ver con la ternura pactada con la que Regina y Él construyeron sus mejores años.

Cada objeto en esa habitación obedece a un orden establecido por largas y solitarias cavilaciones. Un minimalismo organizado para que quepa cómodamente la soledad. Rendido por el peso del silencio, Él se sienta al borde de la cama. En la mesa de noche ve un libro, lo toma. Mira la portada. Es un volumen de por lo menos ochocientas páginas. *Las dos caras de la libertad*, escrito por el controversial psicoanalista Jaime Calderón. Lo hojea sin interés. Y en el momento en el que lo deja caer sobre la mesa de noche, escucha un gruñido que va ganando intensidad. Mira a su alrededor con miedo. Las persianas cerradas, el marco de la puerta, la chapa, la cómoda, el televisor, el cuadro abstracto, la máquina para hacer ejercicio, todo parece odiarlo. El gruñido protesta desafiante, amenazador y proviene del interior del cajón de la mesa de noche. Se le eriza la piel, definitivamente hay algo que se mueve ahí adentro. Por un momento piensa en la bruja rumana. ¿Será una venganza por haberle descubierto el truco? Se levanta. Temeroso y valiéndose de la punta de su zapato, por si tuviera que salir huyendo, abre con mucho cuidado el cajón y descubre, atónito, que el impacto del libro al caer sobre el mueble echó a andar el vibrador de Regina... que gira solitario y a contrarreloj.

Sábado familiar

Comida de sábado en casa de mis suegros. Mi hija tiene plan en casa de una amiguita. Al niño no le queda más que acompañarnos. Como le dice mi esposa: todavía no estás en edad de manejarte solo. Híjole, esa frase me llega directo a los testículos; creo que yo tampoco he llegado a la edad de manejarme solo. ¿Llegaré algún día?

La comida transcurre sin contratiempos. A la hora del postre, los primos salen a jugar futbol al jardín y las primas van a la recámara de su abuela. Entonces, comienza la conversación sobre la infidelidad. No sé quién sacó el tema. No importa. Es uno más entre muchos. Podríamos haber elegido la inseguridad, las próximas elecciones, los chismes de los famosos. Al principio, todos opinamos sin ton ni son. Sin cargas emocionales. Pero de pronto, a mi cuñado se le van las cabras y se convierte en un implacable juez de lo irremediable, en un absoluto defensor de la moral y la ética de pareja. Mi criterio, dice, le parece demasiado liberal, hasta irreverente. En su mundo del deber ser, no cabe ni siquiera la mínima posibilidad de un amor adúltero. Es inconcebible, reprobable por completo. Lo siento verdaderamente indignado. Trato de expresarme sin subir el tono de voz. En poco tiempo pasamos de los argumentos a las opiniones y, si todo continúa por ese camino, es probable que lleguemos a los insultos.

Es todo un juez de sobremesa, cada vez más enojado. Me encantaría decirle un par de verdades, pero me aguanto. Mejor aplico la técnica de los judokas: que el peso de su moralina mochilona, arrogante y soberbia, sea, en vez de su fuerza, su propia debilidad. Así que me callo y lo escucho, pretendiendo que me abstraigo en algo de verdad importante, como el aroma de mi copa de vino. Mi atención fantasea, relajada y dichosa, en soleados viñedos ligeramente distraída por los ladridos de un perro lejano. Nadie como yo para aparecer calmado y hasta jovial cuando se vienen abajo los puentes de la prudencia. No puedo defender de manera franca mi postura porque temo mostrar una pasión desmedida que me comprometa. No debo ser obvio. Con la gente que cree que el mundo es blanco o negro, el antídoto eficaz son las tonalidades de gris. Y la mejor arma, el sentido del humor. Por eso cambio de tema y siendo amable le pregunto si cree que desvestirse en casa promueve el nudismo familiar o si se trata de un cotidiano acto de soledad.

Mi esposa, desde el otro lado de la mesa, me mira con esos ojos de o te tranquilizas o esto va a terminar de la cachetada. Es casi una orden. A callarme se ha dicho. Entonces, mi suegro interviene. Mierda, pienso. Va con todo contra mí. Pero no. Después de dar un golpe en la mesa, dice, dirigiéndose a su hijo:

—¿Quién eres tú para defender la fidelidad y al amor incondicional de las parejas cuando le arruinaste el matrimonio a la hija de mi mejor amigo...? ¿O acaso ya lo olvidaste? Echaste a perder una amistad de años. Y, no conforme con eso, todavía hace poco se te ocurrió enamorarte de la mejor amiga de tu exesposa, claro, cuando todavía era tu esposa. ¿Quién sigue en tu lista? ¿Eh?

—Chato —intenta intervenir mi suegra—, no es el momento ni el lugar para...

—Es el momento y el lugar ideal para que alguien le refresque la memoria a tu hijito. Es la hora de que sepa que es el menos indicado para juzgar a nadie. Ni en ese tema ni en ningún otro. Ahora, si no es mucha molestia, quiero que nos sirvan el café en la terraza. Tengo ganas de ir a echarle porras a mis nietos —concluye.

Mi cuñado se va sin despedirse. Su silencio es una servilleta y todos nos limpiamos en él. Mi suegro se toma un trago de café, uno de coñac, otro de café, más coñac. Alguien intenta contar un chiste. Mi esposa no sale de su asombro. Yo sonrío... mientras disfruto un chocolate con menta.

Sus sueños

Los de Él y Ella son de imposibilidades, de una meta que no alcanzan. Se detienen a escasos centímetros de conseguirla… a unos minutos apenas. En cambio, los de Rodrigo y Regina son de amenaza.

Los primeros no logran obtener lo que desean. Buscan…

A los segundos les quitan algo y no saben de qué manera defenderse.

Los amantes se quedan con las ganas. Sienten sed, hambre. Siguen buscando.

Los cónyuges quieren tranquilizarse, saber que nada cambia. Que el viento los acaricia sin mover sus mundos. Desean, al menos, un rato de parálisis.

Éstos no consiguen lo que sea que desean conseguir, por más que se esfuerzan.

A aquéllos alguien les roba, tal vez, lo que verdaderamente necesitan.

Los primeros entrevistan orgasmos.

Los segundos cuestionan a una libido que les huye.

Él y Ella se pierden.

Regina y Rodrigo los pierden.

Noche tras noche, los cuatro se mueven de un lado al otro de sus camas. Inquietos.

Murmuran.

Gimen.

Las pesadillas los atenazan.

Objetos del mundo

Un paraguas tirado en la calle, empapado. Mesas, sillas, vasos, charolas. Semáforos y faroles. Un camión de bomberos. Alcantarillas. Aparadores de tiendas. Puertas de entrada y salida. Botellas vacías. Basura. Edificios de ladrillo o cemento. Bicicletas. Ventanas. Señalizaciones. Avenidas. Lápices, cuadernos, medicinas. Instrumentos quirúrgicos. Ollas. Sábanas. Latas de comida preparada. Teléfonos celulares y juegos electrónicos. Espejos de ésos que casi siempre engañan. Telas. Adornos para las mesas de centro. Juegos. Algún escritorio. Aviones. Álbumes de fotos. Toallas blancas. Controles remoto. Botones y calcetines. Herramientas (un desarmador, por ejemplo). Relojes y plumas. Mobiliario urbano. Corbatas.

Ahora bien:
Una cartera de los Beatles, muy gastada. El saco de terciopelo color marrón con el que me protegiste del frío la primera noche. La pulsera que nos regaló el Gurú Deva. Nuestra colección de esquelas que leemos juntos, en voz alta. Mi disfraz de monja y el rosario de madera que te di. La peluca, roja, de puta, que me gusta usar de vez en cuando. Los zapatos de tacón altísimo y la minifalda, a cuadros, que parece de estudiante de preparatoria. Tus anteojos para ver de cerca. El reloj que no usas. Las pastillas para dormir de las que ya no podemos prescindir. Tu guitarra. Nuestro

olor, combinado. Los diez o quince hoteles en los que hemos compartido habitación y cama. Tu desnudez, que ya es mía. Mis ojos, que te pertenecen. La almohada que me diste a manera de anillo de compromiso y que adoro abrazar noche tras noche. El vibrador rosa que me obsequiaste en mi cumpleaños pasado. La mesa cinco (la más escondida), del restaurante de comida mexicana que nos encanta.

Todos los objetos, después de amar, cobran otro significado.

El coleccionista

Guardo las nubes ingrávidas y mutantes, la forma en la que el agua lame la arena, recojo todo tipo de vuelos; el de la paloma, el de los flamencos, el del halcón, el de la libélula… me quedo con el modo en el que el pan se hunde en el café, con las notas del violonchelo que acarician la tarde. Colecciono lo que mis manos ven, lo que mis ojos preguntan.

Lo guardo todo con esmero, con paciencia, con la sensación de que me robo el mundo para dejarlo ahí donde comienzas tú… para verlo completo, en el color de tu mirada.

Orgasmo secuestrado

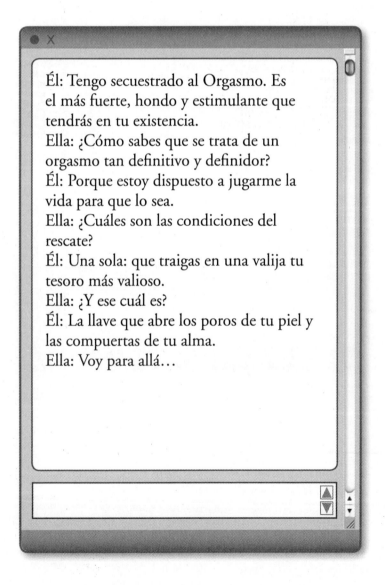

Él: Tengo secuestrado al Orgasmo. Es el más fuerte, hondo y estimulante que tendrás en tu existencia.
Ella: ¿Cómo sabes que se trata de un orgasmo tan definitivo y definidor?
Él: Porque estoy dispuesto a jugarme la vida para que lo sea.
Ella: ¿Cuáles son las condiciones del rescate?
Él: Una sola: que traigas en una valija tu tesoro más valioso.
Ella: ¿Y ese cuál es?
Él: La llave que abre los poros de tu piel y las compuertas de tu alma.
Ella: Voy para allá…

Mensaje

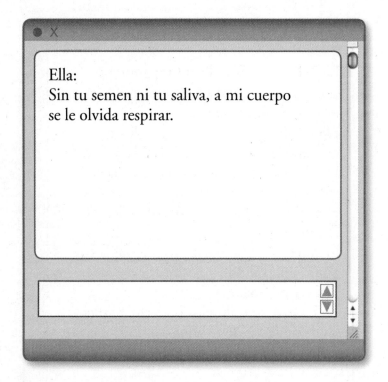

Ella:
Sin tu semen ni tu saliva, a mi cuerpo
se le olvida respirar.

Rompecabezas

Rodrigo piensa en su esposa. La piensa, la reflexiona, la recuerda. Reconstruye. Pone una pieza sobre otra. Acomoda escenas, palabras, reacciones. Siempre le han gustado los rompecabezas. En cuanto los saca de sus cajas, separa las piezas por colores y las pone en diferentes montones. Después, va a los detalles. Tiene ojos de lince. Armar rompecabezas es una actividad que lo tranquiliza y lo regresa, la mayoría de las veces, a su centro de equilibro.

Sigue en su actividad, desmenuzando miradas, gestos, silencios, ganas y desganas. No quiere darse cuenta, ni siquiera está seguro de que tenga sentido darse cuenta después de todo lo que han vivido juntos y lo que les falta por vivir. Se ha propuesto, eso es definitivo, envejecer con Ella. ¿Sabría entenderla? ¿Podría perdonarla realmente, no sólo de palabra? Me he dedicado a hacerla feliz. A complacerla. ¿Por qué no basta? Porque no, se contesta él mismo. Porque así son las cosas y llevamos muchos años juntos y la vida diaria paraliza, aburre. Porque lo cotidiano tiende a convertir lo más bello en algo absurdo. Porque el día a día, a fuerza de estar ahí, raspa, lima, lija el sentido.

Sigue reconstruyendo. No puede dejar de ver que su esposa lleva algún tiempo, bastante, haciendo ejercicio con verdadera tenacidad, no como antes: un día sí y la siguiente semana, no. Ha adelgazado. El año pasado también estuvo en unos masajes para quién sabe qué tanta cosa. ¿Reducir sus muslos, que odia? Ahora, si lo piensa bien, desde que la conoció se ha cuidado mucho. Practica la yoga con tenacidad. Vive a dieta y trata de mantener el mismo peso desde que era universitaria. El que su esposa se conserve guapa no es una pieza clave en el armado de las conclusiones. No podría ser una prueba contundente ante el juez.

¿Y la lejanía? No cabe duda que se han distanciado. Cada vez comparten menos actividades y pasan menos tiempo juntos. Antes, Ella visitaba todas sus construcciones y estaba al tanto de sus proyectos. Le encantaba ver los planos y opinar sobre ellos. A veces sugería que agrandara ventanas o moviera las puertas de lugar. Más espacios para guardar cosas aunque la estética pierda un poco. Tiene una intuición innata para la arquitectura y un sentido de orientación impresionante. Bastante seguido salían con los Sarmiento a bailar salsa, mambo, rumba. Rodrigo es un gran bailarín y a Ella le gustaba dejarse llevar, cuerpo a cuerpo, moviéndose a idéntico ritmo, con los mismos objetivos. ¿Ahora, hacia dónde van? ¿Van?

Las piezas ya no embonan con la precisión de antes. Es un juego en el que no hay culpables. Rodrigo lo sabe y prefiere no seguir buscando pruebas ni armar sospechas. Lo mejor es dejar que pase lo que está pasando, que llegue a su límite. Todo tiene fecha de caducidad. Al menos, eso espera.

Amir se nos fue

Mi amigo me pidió que en su funeral tocara dos canciones: *Across the Universe* y *Canción para mi muerte*. Llego con mi guitarra. Regina me acompaña y mi colega Carlo Nicolau también viene, cargando el estuche que contiene su violín. Hay gente de mi oficina. Están la viuda y algunos familiares de Amir. Murió —me dice Elena, solemne y lacrimosa—, mientras dormía. La caja de mi amigo está cerrada. Elena y una docena de mujeres vestidas de negro, rezan rosarios: palabras que salen de sus bocas sin vida, como cabras autómatas pastoreadas por una tristeza que es triste por tratarse una convención y no un estado de alma. ¿Qué significa rezar? ¿Temerle a un dios en el que Amir nunca creyó?

Nada de lo que ocurre en el funeral es lo que Amir hubiera querido. Amir habría elegido que celebráramos su muerte con música, sexo, mariguana, vida. Pero Elena organiza rosarios monótonos. ¿Por qué las mujeres más feas, inadecuadas y rencorosas del mundo toman la palabra alrededor de los muertos? Rezan el rosario con voces grotescas y, en el fondo, burlonas y crueles, como diciendo: que se jodan los vivos, así van a acabar todos y todas, muertos, y que Dios los perdone, si es que se lo merecen. Pinches cuervos, decía mi padre cuando se aparecían a rezarle cada vez que agonizaba. Es lo que son.

Le aviso a Elena que vamos a cumplir el deseo de Amir. Me mira con ojos de mejor no, cántenle ustedes en otro lado. Pero de pronto Regina se para delante de la viuda y le dice, con una convicción imposible de contradecir y con un volumen respetuoso, pero lo suficientemente alto como para que todos la escuchen:

—Elena, Amir le pidió a mi marido que le cantara dos canciones. Carlo y Él han venido a cumplirle su deseo. Sugiero que abras el féretro para que pueda escucharlas.

Horrorizada, Elena se vuelve hacia los cuervos, quienes a su vez miran a la gente de la oficina, a los hijos y amigos de Amir, que sonríen con ganas de que el deseo se lleve a cabo. La viuda, con la ayuda de uno de los ceremoniosos empleados de la agencia funeraria, abre el ataúd en el que yace el amigo al que le venimos a cantar.

Desenfundo mi guitarra, Carlo su violín y en cuanto taño los primeros acordes de *Canción para mi muerte*, miro hacia Regina, quien me ve con una sonrisa de amiga incondicional y ojos llorosos.

Mensaje

Ella le pregunta a Él, en un ataque de inseguridad.

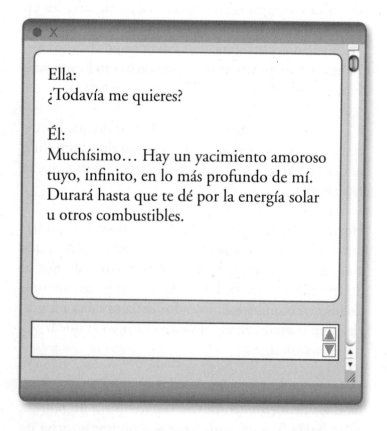

Ella:
¿Todavía me quieres?

Él:
Muchísimo… Hay un yacimiento amoroso tuyo, infinito, en lo más profundo de mí. Durará hasta que te dé por la energía solar u otros combustibles.

Silencio adúltero

Rodrigo le sirve el vino. Lo mira fijamente a los ojos. Le sonríe con una expresión ambigua. Entre fraternal y fulminante.

—No es whisky, pero es un vino estupendo.
—Lo es. Salud.
—Mi esposa y tú prefieren el whisky, ¿no?
—Ella, sobre todo. A mí el vino me gusta mucho.
—¿Y qué es lo que más te gusta de mi mujer?
—A ver… es muy intensa. Creo que soy adicto a la intensidad.
—Sí, lo hace a uno sentirse vivo, ¿cierto?
—Muy cierto.
—¿Y cuándo pensaban decírmelo? Porque, te voy a ser muy franco, lo más incómodo de que la mujer de uno tenga un amante, es ser testigo de su comportamiento… de cómo trata de esconder su amor, ¿me explico?
—Sí. Es como si un ángel se pusiera una gabardina para esconder sus alas.
—Exactamente. Yo quiero verla volar, quiero que me avise con gusto que ha aprendido a remontarse a alturas nuevas. Que me haga partícipe de semejante logro.
—Es lo menos que puede hacer. Totalmente de acuerdo.
—Y te voy decir algo, ¿cómo se llama tu mujer?

—Regina.

—Regina debe sentir algo parecido a lo que por un lado me emociona y por el otro me entristece porque me siento excluido, me encanta ser parte de lo nuevo. Construir con ella. Soy arquitecto hasta en el amor.

—Eso es digno de que lo sepa Regina. Ella se dedica a defender la arquitectura que la ciudad se empeña en derrumbar.

—Salud por Regina, pero a lo que quiero llegar es a que cada orgasmo que mi esposa tiene contigo, para mí es un plano en blanco. Se está llevando mis palacios y tú no sabes edificar la permanencia. Yo nací para eso. Y mi esposa nació para ser mi musa. ¿Para qué nació la tuya?

—Regina nació para que yo pudiera esquivarla dentro de un contexto amoroso. Darle todo lo que tengo, menos lo que soy. Y tu esposa, según mi piel, nació para que yo naciera. Si de paso es tu musa, qué provechosa ha sido su existencia.

—¿Qué vamos a hacer con nuestros hijos?

—Démosles la oportunidad de que aprendan que hay un aquí y un allá en los que se puede vivir y amar simultáneamente.

—Yo quisiera que este vino fuera veneno. Así tú y yo podríamos llegar, sin que nos estorbara la mente, al fondo de este asunto.

—¿Puedo besar tu mano, Rodrigo?

—Tengo las venas resaltadas. La presión me ha subido desde que ustedes aprendieron a salirse de los confines.

—¿No será envidia lo que tienes?

—Es probable.

—Tu mano es suave como la seda. ¿Eres bueno en la cama? ¿Cómo haces el amor, Rodrigo?

—De eso también te quería hablar. No sé hacer el amor.

—¿Entonces para qué compraste un vino tan bueno?

—Para saber hacerlo. Todo lo que sé hacer, es para que no se note lo que no puedo.

—¿Cómo lo intentas?

—Me pongo en el caso de cualquier hombre. Y luego pienso cómo lo haría ese hombre. Pero me estorba mucho saber que ese hombre no soy yo. ¿Acaso eres tú ese hombre?

—¿Cualquiera? No. Soy éste, no soy cualquiera. Y no es por soberbia que te lo diga mirándote a los labios, es por oficio. Oficioso soy y oficioso moriré.

—¿Escuchaste ese estallido?

—No. En eso soy un desastre. Nunca noto cuando se caen los edificios. Regina siempre me lo viene a contar.

—Tienes mucha suerte.

—No lo creo.

—En este momento vas a aprender a tocar el piano. Esto es parte de saber comprar una buena botella.

—¿Aquél piano?

—Yo digo que vayas y lo toques.

—Rodrigo… esto es mucho más de lo que yo esperaba.

—Es menos de lo que yo quisiera, créemelo.

—¿Qué tipo de música te gusta?

—Ninguna.

—Ese es el problema. Por eso no sabes hacer el amor.

—Toca algo que nadie haya escuchado.

—¿Como esto?

—Ah… silencio puro y sin adulterar.

—La pieza se llama *Silencio adúltero*.

—¿Y el compositor?

—No… no me obligues.

—Sólo menciona su nombre.

—No quiero. Tengo derecho a no revelarlo.

—No es para tanto. Disculpa mi vulgaridad. Sólo quería saber si alguien fue capaz de componer lo que tocaste.

—Todo el mundo es capaz de descomponer lo que toco.

—Lo dices como si yo fuera responsable.

—¿Te adjudicas todo lo que ocurre?

—En gran medida. Es que, te confieso, me carcome el vacío y lo hace con tal voracidad que muy pronto dejaré de ser. Por eso me aferro a lo que hay.

—Te entiendo, pero lo único que comparto contigo es el vino.

—Y la mujer, querido, no nos engañemos.

—La mujer es mía.

—Ah, ya salió tu punto flaco.

—Es mía porque necesito completar mi vida. Regina es parte, mis hijos también, pero Ella soy yo.

—Estás llegando a un sitio al que hubiera preferido no llegar.

—Atrévete a vivir, Rodrigo. No seas tan limitado. Expándete. No existen los destinos. Los impulsos son la ventura, la suerte, la fortuna. Te estás cayendo no porque te coma el vacío, sino porque te alimentas de vacío. Vacío. Vacío…

—Amor, estás moviéndote mucho, no me has dejado dormir. ¿Tienes pesadillas? —le dice Regina, tratando de despertarlo.

La pasta que no me como

Mi esposa y yo estamos en un restaurante italiano. Callados. Cada cual en nuestro espacio, con las puertas invisibles cerradas de par en par. Nos hemos reunido a celebrar nuestro aniversario de bodas. Regina charla acerca de una fachada histórica que en su oficina están defendiendo con argumentos no sólo válidos, sino estéticos, patrióticos. Pero mientras habla, me pregunto qué pasaría si quien estuviera escuchándola no fuera yo sino Rodrigo. Tal vez un arquitecto le prestaría más atención, no sólo porque nuestros cónyuges comparten el amor a la arquitectura, sino porque Regina y yo ya no tenemos construcciones en común.

Por más que se aferra en restaurar lo que algún día edificamos, cada vez que miro hacia arriba compruebo que no hay un techo que nos cubra. Nuestro silencio es la intemperie. Aunque Regina habla, la verdad es que callamos. Y lo que callamos es la verdad. Aunque yo escancio el vino y la miro con cara de interés en lo que dice, ya no tenemos nada qué decirnos.

Y aquí estoy, ante la pasta que no me como, los labios que no beso, los ojos en los que no me sumerjo, el amor que no hago, la noche en la que no quepo.

Hundida

Estoy ahogada en la no posibilidad y me aterro. Siento una tristeza infinita. También la posibilidad me asfixia. Con Él sin Él con Él sin Él con Él sin Él. ¿Qué hago? ¿Y si pudiera vivir dos vidas al mismo tiempo, en plena armonía? Imposible. Estoy hundida en la sinrazón, en el sinsentido. Con Él no debo Sin Él no puedo Con Él no debo Sin Él no puedo. ¿En dónde quedan los demás? Hay que esconder las emociones los sueños las imágenes los recuerdos las citas las caricias nuestra carne y el deseo. Me hundo. Cada vez me hundo más. ¿Cómo no sentirme ahogada entre tantas letras? Me niego a elegir. Me niego Me niego Me niego. Que alguien me señale la salida, la salida de emergencia. La saliva de mi urgencia. Todo me pesa. Con Él no debo Sin Él no puedo Con Él no debo Sin Él no puedo. Sin Él no soy. ¿Quién soy, por cierto? Una duda. Soy una pregunta sin respuesta. Una letra hundida por el peso de la culpa. Con Él no debo Sin Él no puedo Con Él no debo Sin Él no puedo Con Él no debo Sin Él no puedo Con Él no debo Sin Él no puedo. No puedo. Soy. ¿Sigo siendo?

Bordeando la suerte

—Dime la verdad, corazón, ¿a cuántas personas se lo has contado?

—Me vas matar.

—No. Peor, te voy a robar.

—¿Y qué vas a hacer conmigo?

—Decirte las cosas en las que creo.

—¿En qué cosas crees?

—Últimamente, en que el olor de la canela es un aliado y un mensajero de tu sexo.

—¿Y tú? —pregunta Él.

—En que la verdad la dicen los locos.

—¿Y las locuras quién las dice?

—Los genios, supongo.

—Lo de la verdad me pasó el otro día. Iba caminando y de pronto, entre el gentío, se me apareció un loco con sus manos aferradas a la gabardina y que se la abre.

—¿Y estaba bien dotado por lo menos?

—Nunca lo supe. Tenía una camiseta blanca y una frase impresa: "Claro que te ama". Se rio con los ojos chisporroteando felicidad como luces de bengala. Lo asombroso es que justamente en ese instante me estaba preguntando a mí misma si realmente me querías.

—Los locos también son mis aliados y mis mensajeros.

—Lo nuestro se lo he contado a mi shampoo, a mis jabones, a mis sandalias y a mis aretes.

—Yo al salero, al aceite de oliva, a las uvas, a los quesos…

—Los quesos saben demasiado, a ver si no nos delatan.

—Cuando nos deleitan nos delatan.

—Se lo he dicho también a la marea.

—Creo que la marea nos lo dijo a nosotros.

—Y a mi padre.

—¿A tu padre?

—Sí. Lo digo en serio.

—¿Por qué?

—Quiere y admira mucho a Rodrigo. Pero adora la vida. Y sabe que a las personas nos quedan muy ajustados los formatos sociales a los que nos rendimos como esclavos, como autómatas sin ánimo para romper el mundo y armarlo de nuevo.

—¿Qué te dijo tu padre?

—Se acuerda muy bien de ti. Mi madre era la preocupona, pero tú siempre le caíste bien a mi papá.

—Y él a mí.

—Me dijo que no permita que nada me quite las ganas de sonreír. Ni mis hijos, ni Rodrigo, ni tú.

—Salud por mi suegro.

—Salud por las personas a quienes se lo has contado y prefieres no decirme.

—Salud por las veces que has querido decírselo al mundo. Y por las veces que se lo dijiste.

—Salud por aceptarme como soy.
—Salud porque no me queda de otra.
—Salud por ser buena onda con tu esposa.
—Salud por Rodrigo.
—Salud por Regina.
—Salud por Octavio.
—Salud por tus canas al aire.
—Salud por nuestras ganas.
—Salud por hacerme saludable el corazón.
—Salud por no romper corazones.
—Salud por la banda de los corazones rotos del sargento Pimienta.

Pausas

Mientras Rodrigo revisa un plano sobre la mesa de la sala principal en su oficina, su mirada se va a otro lado, muy lejos de ahí.

Ella escucha atenta a sus clientes durante una reunión, pero sus ojos se enfocan hacia dentro de sí misma y los va dejando de oír.

En la escuela, Marisa, con la vista perdida, no escucha las risas de sus compañeros de aula mientras la maestra la llama por su nombre y apellido por tercera vez.

Alfredo se muerde la uña del dedo índice, sus ojos de pronto se quedan fijos en un espacio que no está ahí, así que la pelota pasa sin que él se dé cuenta y los niños del equipo contrario gritan gol.

Regina detiene su auto ante el semáforo en luz roja. Su mirar se va tornando distante y se queda quieta… los autos de atrás hacen sonar su bocinas, la luz se ha puesto en verde.

Mauricio guarda sus libros en el casillero escolar. Y en cuanto cierra el candado, se queda estático. Su mirar se muda hacia una visión inabarcable.

Los ojos de Julio se internan en un párrafo de su libro de historia… traspasan el significado de las oraciones y se adentran en un sitio al que saben llegar pero que no conocen.

En su estudio, Él mira la pantalla de su computadora sin verla, absolutamente quieto.

¿Será que la vida hace pausas para vislumbrar el destino?

Pum, pum, pum, pum

Dos de la madrugada con treinta y cuatro minutos. Octavio abre los ojos. Siente que el pecho se le encoge. Por más que jala aire, no le entra a los pulmones. Las manos y los pies le sudan. Las puntas de sus dedos le hormiguean. Enciende la luz. Se sienta. Procura calmarse. El pulso se le acelera como si estuviera corriendo. Se siente débil. Logra levantarse. Toma las llaves del auto. Se pone una bata. Hace esfuerzos descomunales por respirar. Camina trastabillando hacia la cochera. Entra a su auto. Lo echa a andar. Conduce rápido. Pone el aire acondicionado a toda marcha. Olvidó su teléfono. El carro da un brusco banquetazo en el camellón. Se pasa el semáforo en luz roja. No siente las manos. Toma la avenida principal. Tose asfixiándose. Finalmente llega al hospital. Frena bruscamente a la entrada de urgencias. Toca el claxon. Grita, sofocándose. Pierde el sentido.

    —¿Me puede decir su nombre?
    —Octavio Bracamontes. ¿Dónde estoy?
    —Está usted en el hospital. ¿Recuerda cómo llegó?
    —No.
    —Ha sufrido un infarto al miocardio. Su corazón se encuentra estable. Pero es necesario que permanezca aquí por lo menos durante las próximas cuarenta y ocho horas. ¿Algún familiar a quien le podamos notificar?

Piensa en Ella. En decirle lo que siente tal y como lo siente.

　　—Vivo solo.
　　—¿Algún compañero de trabajo? ¿Un amigo?
　　—Nadie, gracias. ¿Usted cree que salga de aquí?
　　—Haremos lo posible. Piense positivamente. Eso es lo que más ayuda.
　　—¿Fue por el colesterol?
　　—No. De hecho su nivel de colesterol está normal.
　　—Voy a hacerle una pregunta muy tonta, doctor.
　　—Por favor.
　　—¿Es posible que se me haya roto el corazón?

Anuraga

Se escucha flotar la voz melódica de Aaron Neville desde el interior del baño donde Ella enjuaga su cabello espumoso con agua tibia... sonríe cerrando los ojos... *María gratia plena... ave, ave dominus...* Afuera, en la habitación, Rodrigo se ajusta el cinturón en los pantalones de mezclilla que le quedan algo flojos. Le agrada mantener la figura. Para un arquitecto es importante lucir bien. Busca su teléfono en los bolsillos y no lo encuentra. Mira hacia su mesa de noche y no lo ve ahí. Se vuelve hacia la mesa de noche de Ella y encuentra el teléfono. Lo levanta. No es el suyo. Casi sin proponérselo, lee un mensaje: Anuraga. Al dejarlo de nuevo, ve los aretes, el anillo de compromiso, el matrimonial y esa pulsera tejida, tipo hippie. Nunca ha sido inusual que Ella combine toques estilo años sesenta con su *look* moderno y elegante, pero hoy la pulsera tiene algo que lo intriga. La toma, la mira detenidamente... *Ave María... mater dei... ora pro nobis peccatoribus...* lee la palabra que viene inscrita con discreción: "Anuraga". La lee en voz baja. Le causa curiosidad el sonido al pronunciarla. La repite. Le inquieta la musicalidad. Por alguna razón, o por ninguna, le sabe mal.

Va a su estudio y busca el significado del vocablo en su computadora. En un glosario de palabras en sánscrito, lee: "y aunque la persona se encuentra regularmente con el amado y lo conoce bien, el sentimiento es siempre nuevo de intenso apego". Rodrigo siente que el pecho se le cierra. Las manos y los pies se le enfrían. El hallazgo es tan grande y tan indigerible, que no le cabe en la mirada ni el cerebro ni en la boca, pero le permea la piel, le entra por todos sus orificios, lo envenena, lo inunda. No hay vuelta atrás. No hay forma de cerrar los ojos, los oídos, los labios. No hay manera de archivarlo como incidente confuso o posible interpretación abierta. La claridad duele. La certidumbre humilla, apedrea. Se pone de pie. Camina sin rumbo dentro de su estudio… *Nunc, et in hora mortis… in hora mortis nostrae…* No es rabia. No es indignación. Es miedo. Porque ahora tiene que actuar. Confrontarla. Decirle que ahora lo entiende todo. Que ya sabe la razón detrás de su falta de cariño, de admiración, de paciencia; de su ausencia de deseo, de cumplir lo suficiente como para que parezca que estamos bien, sólidos, encaminados.

Deja de escucharse la música dentro del baño. Ella emerge renovada. Lista para ir a desayunar con su marido y sus hijos al sitio de siempre, los platillos de siempre, como los domingos de siempre. Se prepara. Elige su atuendo informal pero combinando el minimalismo con buen gusto y colores vivos: falda, blusa, sandalias, el cabello recogido, ¿aretes, collar, un toque de rubor?

—Con esos ojos no necesitas nada, mi vida —le dice Rodrigo al entrar a su vestidor. Se posa detrás de ella. Mirándose juntos en el espejo.

—¿Estás bien? Te ves pálido, amor.

—Estoy bien. Pero tengo mucha hambre.

—¿Seguro?

—Segurísimo.

La decisión fue rápida y simple. En cada pareja siempre hay uno que gana y otro que pierde. Rodrigo prefirió perder que perderla.

Sístole, diástole y viceversa

—Hola, dormilón. Llevo media hora mirándote dormir.

—Gracias por venir a verme.

—¿Tu exesposa, tu hija, van a venir?

—No. Quizás sólo al entierro. Si tengo suerte, a mi muerte sólo vienes tú.

—Con lo ocupado que estás, mi querido Octavio, no tienes tiempo de morirte.

—Tampoco de enfermarme, pero ya lo ves. Y yo que me cuido tanto.

—Cuidas a tu cuerpo pero no te cuidas a ti. Te pides siempre cosas imposibles. Y lo peor es que las llevas a cabo con éxito.

—No, qué va. Mis fracasos son mucho más grandes que mis éxitos. Para hacer dinero soy bueno, pero para vivir la vida, no doy una.

—Pues aprovecha este segundo aire.

—Por ejemplo, no supe hacerte mía… ni hacerme tuyo.

—Ahí el error fue de los dos. Yo tampoco supe qué hacer con nosotros. Todo estuvo muy en contra de que realmente nos encontráramos.

—¿Todavía me quieres?

—Siempre te voy a querer.

—¿Volverías a amarme?

—Ay, Octavio, amar es todo un mar y acaba uno ahogándose.

—¿Siguen mal las cosas con Rodrigo?

—No, no están tan mal.

—Eso significa que lo quieres.

—Ya, no seas malo.

—Pero que no lo amas... perdón pero no me pude resistir.

—Eres malo, malo, malo.

—Te voy a decir algo. De verdad creí que me estaba muriendo. Y en esa famosa peliculita que ve uno antes de expirar, te vi.

—¿Y cómo me veía?

—Hermosa, como siempre. Y cercana, como nunca. Así que ya lo sabes; al final de mi vida, estás tú. Queda claro que no pudiste estar al principio ni en el medio, pero sí al mero final.

—Me vas a hacer ponerme cursi y llorar. Vengo a alegrarte.

—Me alegra que sientas algo por mí. ¿A quién amas?

—Al amor.

—Linda respuesta. En serio, ¿a quién amas?

—A alguien que se parece mucho al amor.

—¿Por qué no te lo regalas? Ya ves cómo es esto, en cualquier momento nos vamos.

—Es curioso. Esto que me dices es lo mismo que le dijo a Él un amigo antes de morir... no digo que te estés muriendo, pero estuviste a punto de.

—¿Qué pasaría si dejas a Rodrigo?

—Tendría que decirle que no lo amo. Que lo quiero. Que Julio y Alfredo tienen el derecho de que sus padres se separen amigablemente. Que estoy enamorada de alguien y que quiero vivir con Él.

—Madre mía, esto si que está grave. Más grave que lo mío.

—Sí, no está fácil. Por otro lado, no sé si pudiera vivir con el dolor que le causaría a Rodrigo. Lo haría pedazos.

—Probablemente ya lo estés haciendo pedazos.

—Y capaz de que empezar una relación nueva termina en lo mismo.

—El que no arriesga, no gana. ¿Cómo es tu amante?

—Es un hombre que tiene la extraña virtud de hacerme sentir viva. Pensé que lo tenía todo con Rodrigo, pero de pronto me di cuenta que lo que me hacía falta era tenerme a mí misma, y Él sabe regalarme lo que soy.

—¡Ay, niña! Ahora sí que no me voy a morir con tal de ver en qué termina este novelón. ¿Podrás contrabandear un par de tequilas?

Besos cada minuto

Ella sabe que una etapa está terminando cuando Alfre se niega, de manera rotunda, a darle un beso. Y se da cuenta que la nueva etapa definitivamente ya llegó cuando su hijo mayor le huye a sus caricias y a cualquier muestra de afecto materno. No acepta, siquiera, que se le acerque y menos todavía cuando está con sus amigos. Además, la acusa de que se enoja con él por cosas que ni siquiera tienen sentido. En los últimos días también le reclama, pues odia que su mamá se queje, a cada rato, de que está gorda. No estás gorda, no te veo gorda, así que deja de repetirlo, exige sin mucha paciencia.

Alfredo dice que no le gustan los besos porque le da tantos que lo hartan. Me das mil besos cada minuto, se queja. Si llega a ceder, prefiere que sean cortos y rápidos. Lo peor es que ahora Julito lo imita. Así que Ella ha acabado sin besos y extraña el contacto con esa piel infantil, suave y juguetona. Le hace falta hacerle falta a sus hijos, sentirse necesaria, imprescindible.

Una tarde, regresando de la escuela, su hijo mayor está extrañamente cariñoso. Hasta se refiere a Ella como "Michi", "Michita bonita" y se lo dice repetidas veces. Ella está contenta, como si hubiera recuperado algo, hasta que Julio, en secreto y sintiéndose culpable, le confiesa que Michi significa: Mi chi… ngada madre.

Sobra decir que esa noche Alfredo, después de una fuerte reprimenda por parte de su papá, se duerme sin ver la tele y sin cenar, con el estómago vacío y un odio feroz a su hermano menor, que lo echa todo a perder.

El caso es que para equilibrar esa especie de desamor, sin hacerlo a propósito, Ella comienza a buscar a su amante más seguido. No se conforma con sus citas de cada jueves, con sus chats a media mañana, con los varios correos diarios que van y vienen. Tiene una fiebre incomprensible, una necesidad anatómica, fisiológica y biológica de escucharlo, de verlo, de tocarlo y ser tocada. Corre un peligro: es probable que lo empalague y lo sabe, pero no logra evitarlo. Sin embargo, Él está fascinado. Después de casi seis años, sigue siendo importante y lo nota. Se siente amado, deseado, necesario. En cuanto puede, la llena de besos. Muchos, muchísimos besos cada minuto.

Milagro

No cabe duda que la semana santa se llama así por algo.
Ha sucedido un milagro. Ella se ha vuelto religiosa, cre-
yente. En su maleta ha traído una novela que comenzó
a leer hoy mismo, al lado de la alberca. La vegetación
que la rodea es imponente: árboles de mango cargados
de fruto, bambúes, flores del paraíso, hawaianas color rojo intenso y platanillos. Todo es apaciblemente
verde. Muchos verdes distintos en sana competencia.

Se escucha el croar de Fred (así bautizaron sus hijos
a la rana que vive en la piscina), sumado a los fuertes
graznidos de las oropéndolas de cola tan amarilla y al
sonido lejano del río. Hace un calor sobrio al que acaricia esta brisa intermitente pero intensa. Una araña
distraída pasea por su pierna derecha. Se la sacude con
la mano y la ve caer sobre al césped.

No cabe duda: la semana santa es milagrosa. Al leer el
"Padre nuestro" del libro, Ella decide convertir esa ora-
ción en su rezo favorito. Se fija, como meta, repetirla
todos los días, dejándose llevar de la misma manera en
la que el viento mece las hojas de las palmas tropicales.

Aquí va, sin censura, para que la repitan con Ella:
Padre nuestro que estás en mi cama, santificado sea tu
miembro, hágase mi voluntad en la alcoba como en las
sábanas. Déjame caer en la tentación…

A nadie le interesa salvar a un edificio

Regina entra a su casa, abatida. Marisa y Mauricio se levantan del comedor donde hacen sus tareas escolares.

—¿Estás bien, mami?
—No, estoy furiosa.
—¿Qué te pasó?
—Que este país no sabe respetar su historia. No se la merece.
—¿Tiraron el edificio?

Él baja las escaleras y mira a su esposa abrazada por sus hijos.

—¿Lo derrumbaron?... lo siento, amor.
—¿Puedes creer que llamaron a los granaderos para que nos quitaran a la fuerza?
—Hijos de... ¿te lastimaron?
—No. Pero se llevaron a un par de chicos que siempre nos apoyan. Hubieras visto a los vecinos echándoles huevazos a los soldados. A un reportero le destruyeron la cámara.

Él se acerca y la abraza. Mira sus ojos llorosos. La arropa con sus brazos para que expulse el llanto. Llama por teléfono a su madre para que venga a cuidar a los niños. Sube con ella y abre la llave de la regadera. Los dos entran bajo el agua. Regina llora mientras Él la enjabona sintiendo que limpia la soledad de su piel, la tristeza de su cabello. La besa, le sonríe, la hace sonreír. Es hora de reconstruir, piensa, la envuelve en una toalla. La seca. Le besa el cuello. Va poniendo sus labios donde sus besos se fueron secando. Los siembra de nuevo. La acaricia con ternura, sus manos regresan a esos pechos, ese torso, esas caderas que le regalaron años de placer, le regalaron hijos, le regalaron lealtad, le regalaron paciencia, le regalaron espacio. Los últimos tiempos han sido duros y han llegado hasta casi desconocerse, pero con sus palmas, con su lengua, con la manera en la que aborda toda la mujer que sigue siendo Regina, Él regresa y se devuelve y le devuelve esa complicidad de dos que han sabido hacerse uno.

La madre de Él se queda con sus nietos, Regina y su marido cenan en un restaurante exquisito. Beben, ríen. Él la escucha, la admira. Y la lleva a bailar. En la pista fluyen, las parejas los observan, la música en vivo desemboca en ellos, los músicos lo saben y lo gozan.

—¿Dónde estabas, tonto?
—Distraído, pero nunca me fui.

Semana santa

Amor:

Con la compañía de dos whiskys, acabo de releer nuestra historia. Es decir, de reconfigurarla al recordarla casi toda, día a día, aroma a aroma, comenzando por el amanecer de volcanes mágicos hace ya tantísimos meses y tu saco de terciopelo sobre mis hombros.

A las once de la mañana me senté en medio de esta vegetación majestuosa, soberbia, y convoqué a mi memoria. Lo que veo con mayor claridad es la chispa de tus ojos. La manera en la que se acomoda tu mirada en mis pupilas. Tu brillo, tan intenso y la mujer en la que me he convertido desde nuestro reencuentro.

Es semana santa. Estoy sola en este hotel, en plena selva veracruzana, al que hemos venido a pasar las vacaciones. No podremos escribirnos ni hablarnos; lo he asumido y estoy tranquila. Rodrigo y los niños se fueron a recorrer los rápidos en una balsa, felices por la aventura. Yo preferí quedarme a descansar y leer una novela. Tal vez tome un poco de sol y nade un rato cuando el calor sea insoportable. ¡La hemos pasado tan bien! He dejado atrás mi intolerancia y la relación con mi marido fluye casi a la perfección, como si nos deslizáramos sobre la mantequilla que tanto te disgusta. Mientras, tú estás en la playa con Regina, Marisa y Mauricio, seguramente nadando en el mar o paladeando un ceviche fresco. En familia. Sonriendo. Así son las cosas. Así deben ser para que nadie salga lastimado.

Tal vez pensamos que lo nuestro es único, pero hay tantas parejas que están viviendo lo mismo… Definitivamente hay algo, en nuestra sociedad (y en muchas otras culturas), que no funciona.

El instinto nos empuja a buscar emociones continuas, huyendo del lento paso de la vida cotidiana. No sólo es instinto de supervivencia, sino la necesidad de experimentarlo todo con una intensidad que justifique cada minuto. Nunca sabemos cuándo dejaremos de respirar, así que más vale aprovechar cada bocanada de oxígeno, aunque suene a filosofía barata. Nuestra química nos dice que debemos vivir con la adrenalina al tope, como las aventuras que, ahora mismo, mi esposo, Alfre y Julito están experimentando. Alex, el genial guía nacido en Jalcomulco, les grita: ¡Remen con fuerza! ¡Uno, uno, uno… al mismo tiempo, coordinados! ¡Alto! ¡Al piso! ¡Cárguense hacia la izquierda! ¡Retomen sus posiciones! ¡Cuidado, nos podemos volcar en esta caída, por algo la llaman La Bruja Blanca!

¿Sabes? Somos muy afortunados. A pesar de los baches y los desencuentros, seguimos conservando lo mejor de ambos mundos. Nos tenemos y los tenemos. Estamos en paz. Sin sobresaltos. ¿Esto es lo que el destino nos tenía reservado? ¿Un recorrido por un río tranquilo, con algunas breves y emocionantes cascadas, cierto, pero finalmente con aguas por las que se puede navegar sin irse a pique?

Amor, te escribo esta carta que te daré a mi regreso ante la imposibilidad de un contacto inmediato, porque te extraño, lo acepto, pero ya estás tan dentro de mí, ya eres tan parte de mis células, que puedo respirar con calma y hasta con satisfacción, aunque no estemos cerca.

Me tienes. Te tengo. Nos tenemos. Y ando con la certeza de que va a ser cabroncísimamente difícil cambiar eso.

Al regresar

Te encuentro al regresar de un bocado de empanada de queso, jamón y tomate; al volver de un parpadeo, en el ocaso de una almohada, en la espuma del shampoo, emergiendo en un diosmío a dos voces, en la luz de tus pezones tibios, en la voz de Paul cantando *Hey Jude*, en el tintineo de los hielos dentro del vaso, en los dedos del sol tras las persianas, en el volumen de la luna, en las ondas de la piedra al sumergirse, en las costas de tu mirar, en el paisaje de tus labios, en llanuras de calma, en la suma de las cimas, en la cuna de lo posible, en el arroyo del cambio, en la convocatoria de los poros, en la cáscara de los minutos, en la lluvia, en el humo, en las cosas que se ofrecen solas, en las columnas de cada palabra, en la vibración de una gota, en el centro de este instante, aquí, conmigo, te encuentro, amor.

Y es que cada vez que salgo, sin que sea un deber, una misión o haya una ruta, invariablemente regreso a ti.

Tres puertas

Él la mira. Ella lo mira. Intensamente. Sin parpadear. Tras un fulgor desafocado, se abren las puertas del salón de sus ojos. Revelan un espacio verde, arbolado, con niebla. Sin fin. A pesar de que se han mirado mil veces, hoy se miran hasta allá por primera vez. Al mismo tiempo lo sienten. Crecieron. Sudorosos. Desnudos. Saben que el amor se les amplió de pronto.

—Esto es tan grave que ya no es un problema —dice Él.
—Se ha convertido en una solución.
—Creo que debemos vestirnos y salir a avisarle al mundo que ya llegamos.
—Que somos libres.
—Que no sólo somos inevitables.
—Sino invitables.
—Festejables.
—Inmortales.
—Inmorales.
—Eternos.
—Enteros.
—Besables.
—Risibles.
—Únicos.
—Cínicos.
—Nuevos.
—Nubes.

—Naves.
—Vivos.
—Bobos.
—Inseparables.
—Insoportables.
—Pieles.
—Fieles.
—Eróticos.
—Neuróticos.
—Excéntricos.
—Concéntricos.
—Iluminados.
—Alucinados.
—Sabios.
—Sobrios.
—Ríos.
—Reos.
—Te amo.
—Yo tampoco.

Ríen como niños, entre un tiradero de palabras recién nombradas. Ella toma un trago de la botella de vino, se acerca a Él y con un beso, le da de beber. Entre sus lenguas, la avidez de sus labios, la postura que sus cuerpos adoptan, las formas en las que se posicionan para otorgarse todos los derechos que dos seres vivos son capaces de hacer valer, se abren, de pronto, las puertas del salón del asombro, y sus vientres fluyen hacia una catarata inconmensurable que por primera vez los arrastra…

Yacen sin vida más allá de cualquier playa, más allá de cualquier definición… más, mucho más allá de sus expectativas y de su imaginación.

Al salir del hotel, caminan hacia el pequeño restaurante de siempre. Mientras leen el menú, advierten que les tiemblan las manos. Tanto, que no pueden leerlo. En cuanto el mesero llega a tomarles la orden, se les abren las puertas de la hilaridad y veinte minutos después, ante las miradas desdeñosas y ofendidas de los comensales, salen a la calle borrachos de sí mismos, convulsionándose de las carcajadas, con los ojos llorosos, los rostros congestionados, los estómagos vacíos y todas las puertas abiertas de par en par.

Azul

La transparencia del ambiente es una combinación de haberse despertado ligero, sin cansancio, con la conciencia nueva, el horizonte amplio. Haber bebido un café de montaña cosechado ahí mismo, en el pueblo donde Él, junto con el mejor fotógrafo de la revista, han documentado el paraíso para imprimirlo en la portada y en las páginas principales. De haber reído anoche durante las horas en las que Ella y Él chatearon. Haber intercambiado fotos para recibir la piel de su pareja natural, ilícita, implícita y acomodarla en la ausencia para estar siempre con Ella.

Las hélices del helicóptero giran. Su cabello, ese que tantas veces ha surcado la mano de Ella, se despeina. Corre sonriente hacia el interior de la aeronave. Se siente aprendiz de cada molécula, de la manera en la que las copas de los árboles se agitan allá abajo mientras se elevan. Estrena la luz y el aire. Intercambia una mirada con el fotógrafo y el piloto. Se vuelve hacia el cielo sereno, diáfano.

Nací —piensa— para que mis manos sean eternamente tuyas.

En sus pupilas penetra el mundo entero y su amor se expande, a través del universo.

¿Habrá un Dios?

¿Quién cuenta el tiempo? ¿Quién mide las razones cuando no tienen espacio que las contenga ni horario que las dosifique? ¿Cómo se doblan las horas para que transcurran en anverso y reverso? ¿Cómo se pone el alma en las deshoras, los antiminutos, mientras el cuerpo deambula las mañanas, las tardes y las noches? Se gana en una mirada y se pierde en un parpadeo.

Te amo. Llegaste del tamaño de una palabra y construiste un lenguaje nuevo. Lo inventamos juntos. Lo hablamos, lo soñamos, lo cantamos. Llegó la noticia a media mañana. Leí tu nombre, miré tu foto, el helicóptero destruido. Llamé a tu teléfono. Escuché la grabación de tu voz mil veces. Y de mí se apoderó una calma tibia que me ayudó a ponerme en pie y salir de la oficina como si fuera a comprar un café. Caminé hacia el parque. Me senté sobre una piedra grande y solitaria y ahí se rompieron las compresas… de mis ojos escurrieron las cosas que vimos, las texturas de nuestro silencio, los colores de nuestro juego en el que siempre ganamos porque supimos llevar la delantera sin que nos alcanzara la torpeza, la normalidad, lo cotidiano. Tu forma de levantar las cejas cuando me escuchabas reír, tu cara de nervios cuando la distracción te jugaba bromas y no tenías con qué pagar un par de whiskys. El brillo de tus ojos cuando vimos las flores en la tumba de tu padre. Tu manera de servir el vino.

Tu perfil dormido. Tu sonrisa de glotón. Me ovillé y me convertí en un grito largo, primitivo, como un puente del cielo al suelo. Lloré hasta que se me borró la cara. Temblé sin tus brazos. Hablé sin tu voz. Dije, maldije. Subí la vista al sol, sin parpadear. ¿Habrá un Dios? Alabé el vuelo de un ave. Miré mis manos vacías, las palmas ilegibles. Mis pies agravados por la gravedad. Que no me dejan seguirte. Nuestra palabra zurcida en la pulsera. Repetí tu nombre con suavidad y con furia. Conjuré. Solicité explicaciones. Imprimí el viento indescifrable en mis pulmones. Comprendí que la muerte dura para siempre. No regresarás. Dejé mi corazón tirado sobre la piedra. Y regresé a la oficina. Con la certeza de que yo ya no soy Ella. Porque Ella murió esa tarde contigo, con el alma cercenada por las aspas del helicóptero.

Hoy vengo a nuestra habitación, la 415. No puedo aparecer en tu entierro. No puedo parecer más viuda que Regina. Al menos aquí no hay tierra que te cubra. Al menos aquí puedo hacer el amor con tu recuerdo. Eres lo más verdadero de mi vida. No te preocupes, voy a seguir adelante. Porque así lo hubieses querido. Voy a apoyar a mis hijos. A envejecer con Rodrigo. A sentirme poco a poco. Y después de este luto escondido, haré las paces con mis decisiones. Viviré en armonía con mi historia. Sólo tengo una pregunta: ¿Qué hago con nuestro lenguaje? ¿Cómo aprenderé a callarlo? Miro mis manos vacías, mis palmas ilegibles. Mis pies agravados por la gravedad. No regresarás. No. No puedo aparecer en tu entierro. No puedo parecer más viuda que Regina. ¿Habrá un Dios? Al menos aquí no hay tierra que te cubra. Al menos aquí puedo hacer el amor con tu recuerdo. Miro mis manos vacías, mis palmas ilegibles. No puedo aparecer en tu entierro. No regresarás. Al menos aquí no hay tierra que te cubra.

FIN

Epílogo

1

Hay días en los que es mejor no salir.

No por miedo a que te caiga un helicóptero en la cabeza, te atropelle una motocicleta de *Uber Eats* o te secuestren, que no sería extraordinario en esta ciudad donde lo insólito es costumbrismo, sino por respeto a la imagen de uno, para no encontrarse a nadie. Por cariño propio.

La librería me parece un lugar discreto y ameno. Después de una mezcaliza en un antro donde los asistentes tenían la mitad de mi edad y el doble de mi aguante, lo recomendable hubiera sido hidratarme y quedarme guardado. Eso me pasa por salir con una maestra de yoga a la que lo único que en el fondo le doblo es la edad. Pude haber ordenado comida china o una pizza, pero las tortas que hacen en la cafetería de la tienda de libros son una opción agradable. Luego de engullir una de milanesa con todo, me da por curiosear entre los estantes. Hojeo algunas novelas clásicas, los bestsellers. Ni siquiera me di un regaderazo; estoy mal peinado y vestido en pants (piyama con licencia). Husmeo las novedades editoriales y... algo. Mezcla de miedo y alegría. Subo la mirada y se me enredan las venas. La inequívoca forma en la que ocupas el espacio: tu cabello recogido, tus lentes, jeans y sandalias. Sólo tú eres capaz de preocuparme a primera vista. La nostalgia de tus ojos, el desenfado de tus caderas y tus labios siempre a punto de divertirse. Mi cara busca una sonrisa que cubra la desnudez de mi alma. Estoy seguro de que palpas mi vulnerabilidad. Diez años después no son gran cosa cuando se sigue siendo joven, pero a esta edad no hay quien los cargue sin que se le note el esfuerzo. Tus cejas, los arcos por donde tantas veces entré triunfador, se levantan presumidas, como diciendo: *A mí no me pesan tanto, querido, pero debo admitir que también han sido diez...* Con esa seguridad tan tuya me miras.

Frente a frente, como recién salidos de la cárcel. Tantas veces nos arrancamos la ropa y ahora me siento más desnudo que nunca. Y es que la verdad es relativa, pero la neta es la neta. Me costó un largo y doloroso divorcio, pero a ti algo mucho peor: el perdón de tu marido. Eso fue lo último que supe.

Sobrevivientes de nosotros mismos, atravesamos la calle hacia la barra de un restaurante.

—Dos whiskys —ordenas, te vuelves hacia mí y me preguntas—: ¿Tú no vas a tomar algo?

Sigo nervioso. Brindamos. Después de un par de tragos se nos facilita la conversación. Te pongo al tanto de eso que a veces tengo y se llama vida.

—Por fin logré tener relaciones abiertas y en esas ando.

—¿Por fin?

—Lo dije mal. Me refiero a que pasé por una temporada de noviazgos pegajosos y complicados. En cambio ahora tengo amigas con beneficios... más para mí que para ellas.

Me escuchas como si mis palabras fueran tus pensamientos. Te metes un trozo de hielo a la boca, me miras, traviesa, y empiezas a contar lo tuyo con lujo de detalle (tus detalles siempre fueron lujosos):

—Mi cuñada, la que nunca se casó, me hizo una súper jalada. Me mandó espiar. Contrató a un detective y le entregó un sobre con fotos a mi esposo.

—No mames…

—Y todo por envidia. Como a ti y a mí nos fue bien con el libro de *Amores adúlteros,* y además mi suegro le dejó la casa en Valle a mi marido, no soportó tanta felicidad ajena.

—Qué peligro de cuñadita.

—Sí, estuvo horrible. Lo hizo frente a toda la familia.

—¿Cómo?

—Le dio el fólder a mi esposo durante la sobremesa, con todos ahí.

—No te creo…

—De película. Pero no, ni siquiera. Sería una escena demasiado chafa.

—De verdad lo siento. Me da pena haberte hecho daño.

—No seas mamón, no te des tanto crédito. Lo que más me saca de onda es que en el fondo no pudieron perdonarme. Les fascina tenerme en libertad bajo…

—¿Piedad?

—Algo así, qué horror.

—¿No te preocupa que nos vean?

—Igual ya ni te reconocen.

—Qué mala eres.

—Te estoy fregando. Te ves bien. Bueno, un poco madreadón, pero en el buen sentido. Nunca me dio miedo que nos vieran. ¿A ti sí?

Con un ademán le pido otra ronda al cantinero.

2

Ayer nos encontramos... aunque esto ya lo sabes. No te veías tan mal como supones. Tus pants estaban algo rotos y desgastados pero, en realidad, el tiempo no te ha atropellado como a mí. Las canas y las arrugas se te han acomodado con una naturalidad envidiable. A ti te acarician, a mí me lastiman. Sí, estoy muy delgada. Ya se te pasó la mano, me dijiste. A mí, a la mujer de las dietas eternas jamás cumplidas. ¿Te confieso por qué finalmente he triunfado? ¡No tengo idea! Los médicos, tampoco. En eso andamos: investigando por qué los kilos que siempre odié, desde hace algunos meses han decidido abandonarme sin explicación aparente. En fin, mejor cambiemos de tema.

En casi diez años no volvimos a vernos. Nunca. Era una prohibición tácita pero tangible. Necesaria. Después de acabar la ronda de presentaciones en ferias de libros y entrevistas en los medios, tuvimos que dejar de existir. Me obligué a no pensarte, a no atormentarme con el "¿qué hubiera pasado si...?" Pero durante la conversación de ayer me quedó muy claro que la vida está hecha de lugares comunes y que pasó lo mejor que podía haber sucedido. Los amores como el nuestro no están hechos para durar demasiado. ¿Te diste cuenta de que todo lo que creíamos compartir, desde nuestra manera de ver el mundo hasta nuestros gustos musicales, no era más que una quimera? Las meras ganas de pensar que estábamos predestinados. ¡Qué cursis nos vuelve el enamoramiento! ¡Qué ciegos estábamos! Si hubiéramos dado el paso, si nos hubiéramos atrevido a vivir juntos, no habríamos durado más de un año. Ayer me quedó muy claro.

Y, sin embargo, la química continúa. ¿La sentiste? Si los amores pretenden ser monógamos, la química es mucho más versátil. Le gustan las relaciones plurales y hasta indecorosas. La atracción no admite prejuicios ni intolerancias. No sufre de alergias. Es abierta y receptiva. Por eso es tan peligrosa.

No te gustó saber que después de publicar nuestro libro dejé de escribir. Y no, no fue parte del precio que tuve que pagar para que mi esposo me perdonara. La decisión la tomé en total libertad. Siempre quise estudiar filosofía. Lo recuerdas, ¿no? Así que hice la maestría, después el doctorado y hace más o menos tres años, junto con mi amiga Adriana, fundé una academia. Ojalá vengas a conocerla (sí, te escribo desde mi oficina que da hacia un camellón arbolado. En este preciso instante, una joven mujer, en pants, pasea a sus perros). En la entrada puse una foto enorme de María Zambrano. Y cada salón lleva un nombre distinto: Hannah Arendt, Julia Kristeva… Ya sabes, esa pasión mía por las mujeres chingonas.

El instituto apenas comienza a ser negocio, pero soy muy feliz dando clases. Eso sí, me fastidia la parte burocrática de llevar una empresa. Permisos, horarios, empleados, impuestos. En estos días hacemos los trámites necesarios para que la Secretaría de Educación Pública nos dé el reconocimiento oficial. Para que nuestros estudiantes obtengan un diploma que realmente les sirva.

¿Quieres volverme a ver?, me preguntaste anoche, al despedirnos, con los dedos de nuestras manos apenas rozándose. Confieso que los whiskys actuaron en mi cuerpo como acostumbran y lo dejaron dispuesto al gozo: relajado y receptivo. Pero hoy, después de haberme despertado con una ligera resaca, y mi marido en la recámara de al lado… (¿Te lo conté? Parte de nuestras nuevas reglas de convivencia fue separar los cuartos)… Decía, ahora, con la luz de un día igual a los otros, no sé qué contestar. Así que me pregunto qué respondería Ella en mi lugar. Sí, Ella, nuestro personaje. ¿Lo sigue extrañando? Si pudiera, ¿haría lo imposible por revivirlo? ¿Lo traería a su lado una vez más, desde el insolente mundo de los muertos? ¿Qué diría Él, si siguiera vivo, sobre el riesgo de revivir nuestras posibilidades?

3

No respondiste a mi pregunta. Aunque el hecho de que me escribas mirando a través de la ventana hacia el camellón de alguna forma me indica que te gustaría volver a verme. Quizás el detalle de la chica con pants equivalga a una sutil afirmación. Me alivia saber que en el espejo donde más exige mi vanidad, es decir, tu mirada, salgo mejor librado de lo que mis fantasmas murmuraban a mi oído.

Por otro lado, me traicionan mis ojos. Cuando leo, alegre por tu tenacidad y amor al conocimiento, acerca del negocio con tu inseparable amiga Adriana, la palabra instituto se convierte en instinto; la repasan mis ojos una vez más y la conversión se repite, solita se va por su lado. *Instinto* entra en mí como pastilla efervescente, se diluye. Se me quitan los síntomas de un malestar existencial. De pronto estoy ligero, me curo de mí mismo, no me duele más mi yo… Inhalo profundo, exhalo y me siento otro, perfectamente Él.

Los seres hechos de tinta tienen una ventaja sobre los mortales que sostenemos los libros en nuestras manos. En ella, la tinta, hay un más allá, pero no en el sentido de vida después de la muerte, sino en el derecho del personaje escrito a explorar su más importante encrucijada. En otras palabras, Él posee el poder de, a última hora, no subirse al helicóptero y fingir que murió en el accidente. Por lo tanto, y retomando tus palabras, Él asume el riesgo de revivir sus posibilidades, lo cual implica que tú y yo también resucitemos las nuestras, pues la historia no termina donde había acabado. Ni la historia de Él y Ella, ni la tuya y la mía. Así que aquí estamos: tú y tu perdonador durmiendo en habitaciones separadas (en vez de insomnio compartido), y yo tumbado en mi soltería, suplicándole a mi cuerpo que se mantenga lo más joven posible para hacer conciertos a dos pieles, como los *Rolling Stones*, que viven de los años en que realmente rodaban y por eso aún siguen rodando.

Y helos en este sitio, una vez más, frente a frente… Ella y Él.

4

Ayer volvimos a vernos. Es la sexta vez desde nuestro reencuentro (sí, las he contado todas y las recuerdo, una a una). Encuentros. Justo a eso fui a la librería aquel día, a buscar *El último encuentro*, de Sándor Márai. Mi ejemplar tan leído, releído y subrayado, desapareció de mi librero. A veces, sin previo aviso, las cosas que más quieres se esfuman: el anillo que mi esposo me compró en nuestra luna de miel en Tailandia, la fotografía de mis padres el día de su boda, la pequeña caja de marquetería que me regaló mi abuela y que había pertenecido a la suya. Tú también desapareciste durante diez años. El regreso ha sido grato. Tranquilo. Sin esa pasión impetuosa y precipitada que nos arrastró antes. ¿Será que la edad y la experiencia acumulada nos han hecho más sabios?

Si me decidí, fue por Ella. Los personajes suelen ser más valientes que sus autores. Le pedí consejo. Y aunque tardó en contestarme, sus palabras fueron contundentes. No, no escuché su voz así como escuchamos la de cualquier ser humano. Me habló a través de las letras de otros, de la ficción de quienes han contado ya muchas historias. De quienes dominaron a la palabra. Me explico: desesperada por encontrar una respuesta a tu pregunta, acudí a los dos libros que tengo sobre mi escritorio, la única herencia que me dejó papá. Ambos ejemplares están dedicados a él, que era chiapaneco.

Algún día te lo conté, pero no sé si lo recuerdas: mi padre fue un reconocido cardiólogo que se quedó con las ganas de ser poeta. Avecindado en la Ciudad de México, atendía gratis a sus coterráneos. Así conoció e hizo amistad con dos grandes de las letras. Decidí leer en voz alta la primera frase de la página que abriera al azar. Rosario Castellanos me aseguró que: "Prefiero creer que lo que me une a él es algo tan fácil de borrar como una secreción y no tan terrible como un sacramento." Y Jaime Sabines, con un tono preciso, casi de duelo, insistió: "Una voz me dijo al oído: vive, vive, vive. Era la muerte."

Así que llego hacia ti cada vez que tus compromisos y los míos nos lo permiten, con la certeza de que no muchos tienen la fortuna de vivir amores como el nuestro. Ella me lo repite cada vez que salgo de mi casa para encontrarnos en algún lugar de nuestras pieles. Porque para Ella, Él no es más que un recuerdo que su memoria se empeña en rescatar y que, sin embargo, cada día se borra un poco.

Necesito que me prometas algo. No te preocupes: no te pediré fidelidad ni un amor ciego y exclusivo. Ambos tenemos, ya, los pies bien puestos en el piso como para soñar en imposibilidades. Pero por favor, por favor, que no se nos ocurra volver a escribir un libro.

5

No todo se escribe para ser leído. Hay historias que mejoran cuando nadie las lee. Como este reencuentro nuestro. Así como la página es la divisa de los lectores, la piel lo es de los amantes; en ella se firman pactos indelebles y se narra al antojo, ya sea en prosa, poesía, una escena teatral... una minificción, una novela por entregas o de vez en cuando, ¿por qué no?, uno que otro cuento.

Resulta lujoso no internarse en la mirada cómplice, la tinta compartida o la saliva ávida de otros... Somos los coautores de un deseo a cuatro manos, dos lenguas y un cauce. Ahora podemos darnos el lujo de cambiarle el nombre a las cosas. Por ejemplo, si lo escribiéramos, esto sería un beso, pero tú y yo sabemos que es un puerto visitado por primera vez. Mirarnos en el punto en que el placer se hace insostenible es fosforecer voz adentro. Acariciarnos es hacer el horizonte. Y la risa, batir las alas hacia arriba. Hay ocasiones en las que en la superficie del silencio descubrimos un manantial. O sale el sol detrás de una frase.

Ya no estamos hechos de arrebatos, sino de señales... Hablamos un lenguaje que no se puede compartir porque el alfabeto cambia cada vez que emprendemos un viaje hacia los dos. La palabra *amantes*, más que un lugar común, es una cama que se hizo pequeña. El gozo de la libertad que irradia tu forma de llegar al fondo reside en expandirnos más allá de la definición.

Sospecho que eso mismo entiende Él cuando se va con Ella a donde nada ni nadie los pueda escribir. "Lo bueno de haber dejado mi cuerpo en otra versión de mí mismo", le dice Él a Ella, "es que ahora sé que no existe el suelo, el techo ni las paredes de ninguna habitación, por eso sentimos que el cielo nos entra por los poros."

6

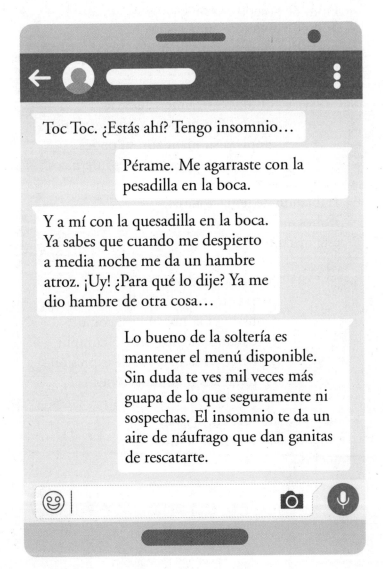

Toc Toc. ¿Estás ahí? Tengo insomnio…

Pérame. Me agarraste con la pesadilla en la boca.

Y a mí con la quesadilla en la boca. Ya sabes que cuando me despierto a media noche me da un hambre atroz. ¡Uy! ¿Para qué lo dije? Ya me dio hambre de otra cosa…

Lo bueno de la soltería es mantener el menú disponible. Sin duda te ves mil veces más guapa de lo que seguramente ni sospechas. El insomnio te da un aire de náufrago que dan ganitas de rescatarte.

Me urge ser rescatada… pero en la recámara de al lado ronca el "enemigo". Hasta acá lo escucho. ¡Y eso que la puerta está cerrada! Si no, te invitaría a una visita nocturna. Así podríamos soñar juntos alguna travesura.

Entonces déjame saludarte como Dios manda. Y aquí es donde empieza su mandato, su poder celestial y sus tentaciones infernales.

Hablando de tentaciones… ¿Sabes qué estoy "tentando" en este instante?

Se iza la bandera de una patria que tú y yo fundamos. La Constitución nos obliga, como ciudadanos de nosotros, a cumplir y promover la libertad de expresión en todas sus manifestaciones.

Siempre tan poético… y tan caliente. Te fuiste con la finta, querido.

¡Estoy tentando la textura suave del queso derretido envuelto en una tortilla de nopal!

Bueno, para mí todo lo que aporte, construya o erija es erección.

Si tan sólo pudiéramos erigir y elegir a gusto… Erigir relaciones libres. Elegir nuestro destino más allá de obligaciones sociales y morales. Creo que no aprendí nada de nada. La lección que mi esposo trató de darme no sirvió y apenas me doy cuenta. No sabes las ganas que tengo de mandar a la mierda todo y salir corriendo a construir contigo la vida que dejamos en pausa.

Te propongo mandar todo a la mierda así, sin tu camisón y sin mi camiseta. Cuando la vida se pone muy vertical, hace falta *horizontalizar* la perspectiva. Estás más bella que antes. Sabemos más sabroso y lo sabemos.

¡Qué antojo! Me cae que sí me dan ganas de hacer mis maletas. Nunca nos atrevimos a dar ese último paso, el definitivo. Pero ahora tengo más ganas y menos miedo. El deseo lo tenemos garantizado. Ni la distancia ni el paso del tiempo logró destruir la química tan chingona que tenemos. Pero… ¿lograremos conservar el enamoramiento si comenzamos a compartir techo?

¿Techo? Compartamos cielo. Nunca hubo paredes que pudieran escondernos del todo. Estaría jodidísimo que pasaran otros diez años sin entrarle a lo que siempre hemos habitado.

¿Estás hablando en serio?

Muy. ¿Te mando un Uber? ¿Te atreves a venir? Estas cosas son de sentirlas, más que nada. Y yo ya siento el calor de tu cuerpo aquí junto.

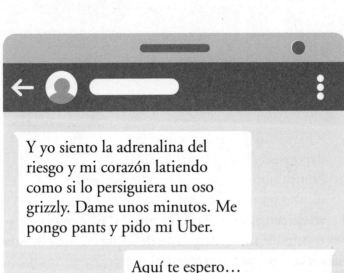

Y yo siento la adrenalina del riesgo y mi corazón latiendo como si lo persiguiera un oso grizzly. Dame unos minutos. Me pongo pants y pido mi Uber.

Aquí te espero…

Aquí te espero, te espero siempre. ¿Te acuerdas de la canción que compusiste para la presentación de nuestro libro? Ya no me contestes. Estoy saliendo, húmeda y dispuesta.

7

La ve de cerca, a través de la mirilla. Él siente a escasos centímetros, del otro lado de la puerta, que la vida hace toc, toc para anunciarle que acaba de mudarse de su propio ser. Gira la manija y ahí está: ella sonríe de cuerpo completo. Se abrazan para sostenerse y quitarse de encima todo lo que les sobra. No existen las horas cuando el espacio se ocupa. Unen sus labios pero no se besan. Desembarcan el uno en el otro. Leen en braile el sentido de su cuerpo, el significado de un poema inédito que rima donde hace muchos besos y más orgasmos hubo música y entusiasmo a un volumen tan alto que se quedaron sordos de todo lo que no sea ellos.

Ahora tienen menos tiempo y más lecciones encima. Una por cada arruga y cada cana. La vida les ha demostrado que las oportunidades deben asirse cuando se presentan. No quieren seguir viviendo como si el amor no existiera. Esto se lo dicen sin pronunciar palabra, entre las sábanas que siempre han sido cómplices calladas, mientras sus pieles, que tanto se conocen, actúan igual que la primera vez. Sorprendidas. Entusiasmadas. Prometiéndose una eternidad que, bien lo saben, no podrán cumplir. Pero hacer el intento vale la pena.

* * *

Ella y Él viven tranquilos desde el poder que les da el anonimato y el saberse personajes de ficción. Leen las letras que, inocentes, pretenden haberles otorgado la vida. Miran con ternura (y hasta cierta compasión), a los autores que suponen haberlos creado. Sonríen. Ella, de manera más abierta, con todos los sentidos. Él, portando un extraño gesto que se asemeja a una ironía.

Tomados de la mano, se alejan de estas páginas sin volver la vista. Con la certeza de que aun cuando nadie los escriba, serán pareja. Aun cuando nadie los lea, serán historia, trazos, frases, humedades y a veces, sólo cuando sea necesario, hasta ortografía. Miles de abecedarios enamorados. Quimeras. Ilusiones. Metas jamás y siempre cumplidas.

Él y Ella: orgullosos protagonistas.

Desde que publicamos *Amores adúlteros* hace diez años, a Federico y a mí comenzaron a llegarnos diversos testimonios de personas (parejas, sobre todo) a quienes la lectura de nuestro libro les cambió la vida (literalmente, en la mayoría de los casos). Cartas por internet, mensajes privados en las redes sociales y narraciones en persona cuando hacíamos presentaciones en ferias de libro en distintas ciudades.

Hay dos que llamaron especialmente mi atención y quiero contárselas antes de cederle la palabra a mi querido coautor. Una mujer, cuyo nombre no he de mencionar, me contó que una tarde iba manejando cuando escuchó una entrevista sobre *Amores adúlteros* en la radio. Enseguida, atrapada por la trama, se detuvo en una conocida librería. Llegando a su casa, se sentó a leer el libro. Cuando iba casi a la mitad de las páginas, lo lanzó lejos de ella, furiosa e indignada. Minutos después, más tranquila, retomó la lectura y no se levantó de su sillón hasta terminarlo. Al cerrarlo, se quedó un buen rato casi en *shock*, reflexionando, hasta que llegó a una conclusión, que me dijo más o menos con estas palabras: "Yo sabía que mi marido tenía una relación extramarital de buen tiempo atrás. Pensé que si mi esposo sentía por esa otra mujer lo que ustedes retrataron en su libro, jamás la dejaría. Además, concluí que yo también quería sentir lo mismo: esa pasión loca, ese amor desmesurado. Así que dejé el libro sobre una mesa, fui al cuarto de la tele donde estaba él y le dije, directo y sin aceptar ninguna réplica: Mañana mismo te vas de esta casa. Quiero el divorcio". Ahora sé que ella está feliz y tranquilamente divorciada, y que jamás se ha arrepentido de su decisión.

En otra ocasión, después de haber conversado sobre *Amores adúlteros* con el público asistente a una presentación en el Estado de México, se formó una larga fila de lectores que querían una dedicatoria. Al final había un hombre que no dejaba de observarme y que cada vez que alguien se formaba detrás de él, le cedía el paso. Quería, a todas luces, ser el último de la línea. Cuando por fin terminé de dedicar libros, él se acercó y me dijo que se había esperado para pedirme ser testigo de su boda. ¡Sí, se iba a casar en Metepec el mes siguiente, con la que había sido su novia de la adolescencia! Él llevaba quince años de casado y en algún lugar, de manera fortuita, se había reencontrado con la novia de la preparatoria a quien jamás había dejado de amar (así lo dijo). Llevaban, para ese entonces, dos años de verse a escondidas, sintiéndose culpables y deshaciendo, poco a poco, a dos familias, pero no podían tomar una decisión. Al leer *Amores adúlteros* juntos, se dieron cuenta de que su verdadero cariño y compromiso no estaba con sus parejas de ese entonces. Así que ambos pidieron el divorcio y decidieron atreverse a dar un paso hacia una relación que, él me aseguró, sí duraría hasta el día de su muerte.

Siempre me he inclinado por leer novelas que me cuestionan, me cimbran o hasta cambian mi manera de ver el mundo. Hay veces que una sola frase subrayada (siempre leo con un lápiz en la mano) me obliga a replantear mi vida. La experiencia me demostró que

Amores adúlteros se ha convertido en un libro que invita a reflexionar, a deliberar, a tomar decisiones. Para bien… o para mal.

Beatriz Rivas

Se creó una comunidad amorosa en las redes sociales. Eran miles y miles de lectores. Tanto así que Beatriz y yo coqueteamos con la idea de hacer un programa de radio. Y digo coqueteamos en pasado y en presente, porque aún persiste la fantasía. Luego del lanzamiento de *Amores adúlteros*, muchos lectores utilizaron Facebook para contar abiertamente sus amoríos. Desde ambos lados de la ecuación (o del corazón), escribieron los dichosos y también los desdichados. Y todavía siguen escribiendo. Se abrieron dos tipos de grupos: los que compartían el entusiasmo de haber dado o recibido un beso clandestino y los que contaban, con lujo de detalle y a mayor profundidad, literalmente hablando y hasta con fotografías hermosas y censurables, sus aventuras epidérmicas, cardíacas y existenciales. Hubo una lectora que me escribió para pedirme consejos como si yo fuera un terapeuta de pareja (y lo fui). Hubo otra que me compartió su dolor luego de que su amor adúltero falleció y no pudo asistir al funeral. Muchas personas me mandaron mensajes privados para pedir mi opinión y quizás inconscientemente para darse permiso: el subalterno en amoríos con la supervisora, la cuñada con el concuño, la vecina con el vecino, la viajera con amores en más de un puerto, el hombre maduro al que un beso lo enfermó de juventud… el sentimiento de asombro, la borrachera apasionada, descubrir que hay más de cinco sentidos, que la sangre se hace psicodelia cuando alguien se nos mete a las venas, que la cama de un motel tiene las mejores playas, que el tiempo cronológico no coincide con el amoroso, y que dan muchas, pero muchas ganas de contar el secreto porque el amor es lo que más cuenta. Y también lo que mejor.

"Al leer *Amores adúlteros* siento como si me estuvieras espiando y escribieras todo lo que pienso"… Testimonios como éste hubo muchos. Nos escribían para decirnos que ya llegó el libro a Mexicali, que cuándo se publicaría en Perú, Colombia, Argentina, Guatemala, España. Beatriz y yo enviamos algunos ejemplares por nuestra cuenta a países donde el libro no se vendía, y con alegría supimos que pasaba de mano en mano, siempre con las ganas de la lectora o el lector de entrarle al juego, al libro, a la historia a contar; confesar, compartir sus sentimientos, sus sensaciones, sus miedos, su magia.

Todo libro se reescribe en cada lectura. *Amores adúlteros* cuenta con muchísimos coautores que al mismo tiempo son cómplices, compañeros de viaje, soldados de batalla. Algunos vivieron para contarlo y otros murieron para vivirlo.

Así es esto del amor.

Federico Traeger

Amores adúlteros de Beatriz Rivas, Federico Traeger
se terminó de imprimir en enero de 2020
en los talleres de
Impresora Tauro, S.A. de C.V.
Av. Año de Juárez 343, col. Granjas San Antonio,
Ciudad de México